25 1986-2011 anys

edicions

bromera

ESPURNA

ÚLTIMS TÍTOLS PUBLICATS

72. *Els silencis de Marc.* Vicent Borràs
73. *Barrots daurats.* Pasqual Alapont / Pepe Rodríguez
74. *El rastre de la pantera.* Mariano Casas
75. *Dora diu que no.* Isabel-Clara Simó
76. *L'ombra caçadora.* Suso de Toro
77. *Fi de culs a Mallolca.* Pasqual Alapont
78. *Carrer del Carbó.* Marilar Aleixandre
79. *Les confessions de Titus Burns.* Jesús Cortés
80. *La nit que Wendy va aprendre a volar.* Andreu Martín
81. *L'amenaça de les grues.* Carme Miquel
82. *Passadissos d'ombra.* Agustín Fernández Paz
83. *La frontera negra.* Silvestre Vilaplana
84. *Els focs de la memòria.* Jordi Sierra i Fabra
85. *Contra el vent.* Fina Casalderrey
86. *El diari de la Neus.* Glòria Llobet
87. *Poderosa.* Sérgio Klein
88. *Només ens queda l'amor.* Agustín Fernández Paz
89. *Wendy ataca.* Andreu Martín
90. *Pell d'escata.* Enric Lluch
91. *Qui és el de la foto?* Maria Carme Roca
92. *La violinista de París.* Joan Pla
93. *Poderosa 2.* Sérgio Klein
94. *Wendy i l'enemic invisible.* Andreu Martín
95. *El verí de la cobra.* Josep Millo
96. *Barça ou barzakh!* Gemma Pasqual i Escrivà
97. *PQPI connection.* Lluís Miret

© *Edicions Bromera*
Polígon Industrial 1
46600 Alzira
www.bromera.com
Disseny de la col·lecció: *Enric Solbes*
Fotografia de la coberta: *Francesc Espinach*
Impressió: *Romanyà Valls*

1a edició: *març, 1995*
11a edició: *maig, 2011*
ISBN: *978-84-7660-218-8*
DL: *B-20193-2011*

I ara què, Núria?

Glòria Llobet

ESPURNA
bromera

Recordaràs, David, els
dies feliços d'un estiu a
Sa Tuna?

1

Els homes, de vegades, queden tan aclaparats pels sentiments que no gosen d'expressar-los. En David, tot i que havia deixat transcórrer gairebé tres anys des del dia que va descobrir que m'estimava, encara s'anava rumiant si m'ho havia de confessar o no...

Afortunadament, nosaltres, les dones, som més decidides i, malgrat que encara hi ha uns rols definits, cada dia anem conquerint més terreny pel que fa a les qüestions d'iniciativa.

Aquella tarda del final de juny, quan m'acompanyava a casa la Mireia, vaig aprofitar la intimitat que ens donava l'espai reduït del cotxe per posar les cartes damunt la taula.

—Escolta... És molt important que vagis al cinema amb els teus amics, avui?

Es va quedar sense paraules durant un instant que se'm va fer etern. De segur que estava intentant d'esbrinar on volia anar a parar amb aquella pregunta.

—No... És a dir... He quedat amb ells...

Ens havíem aturat en un semàfor vermell i res no impedia que ens miréssim dins dels ulls, d'una manera nova, directa, sense dissimular.

—No t'agradaria que anéssim a algun lloc, tu i jo sols?

Va haver de fer un esforç per articular les paraules.

—Ja ho saps, oi, que res no m'agradaria més?

Vaig somriure. Vet aquí la seva declaració d'amor!

—Sí que ho sé. Però, de tota manera, prefereixo que m'ho diguis abans que haver d'anar endevinant...

Al·leluia! La resposta a les meves darreres paraules —que li retreien lleument la seva indecisió— va ser contundent. El primer petó que ens vam fer va ser breu i precipitat perquè els cotxes que teníem al darrere van començar a eixordar-nos amb els seus clàxons i ens van obligar a baixar dels núvols.

—Bé, David, on anem?

Amb les presses i els nervis, se li va calar el motor, va arrencar en segona i va oblidar-se de posar l'intermitent per arraconar el cotxe a la vorera. Però, finalment, ja aturat, va poder respondre la pregunta que jo havia formulat amb segones intencions. «On anem, David?» volia dir: cap a on anirà ara la nostra vida? On ens portarà el camí que acabem d'iniciar?

—No tinc clar on anem, Núria. Només sé que vull fer el camí amb tu.

La situació era, fins a cert punt, divertida. En David i jo no teníem l'aspiració d'arribar a viure junts perquè feia tres anys que compartíem la mateixa casa. Tres anys! Com havia volat el temps!

Quan en David i en Francesc van aparèixer al meu món, va ser tot un daltabaix. Jo tenia catorze anys aleshores i me'n sortia com podia dels problemes que em causava la separació dels meus pares. Havia hagut d'acceptar que el pare convisqués amb la Mercè, m'havia hagut d'acostumar a passar un cap de setmana aquí i un altre allà... En fi, totes aquestes històries. Quan a penes m'havia habituat a la nova situació familiar —no va ser cosa de dos dies encaixar tot l'enrenou—, la mare ens va notificar, als meus germans i a mi, que s'havia enamorat d'un tal Francesc i que aniríem a viure en una torre amb ell i el seu fill. El món em va caure al damunt. No en volia ni sentir a parlar! L'actitud dels meus germans, en Toni i la Mariona, va ser positiva des d'un bon principi, però jo... Em fa vergonya recordar com em vaig entestar a veure-ho com un despropòsit, com em vaig tancar en la meva tossuderia. No vaig voler tenir res a veure amb el trasllat ni vaig voler acceptar cap mena de contacte amb els dos nous membres de la família. Fins que, és clar, em vaig trobar vivint amb ells a la torre modernista i vaig haver de suavitzar per força la meva actitud.

Va ser realment dur. M'havia entestat a mostrar una cara esquerpa i desagradable que tothom semblava ignorar i no em va ser gens fàcil caure del burro.

Els humans, però, tenim la facultat d'adaptar-nos al ritme que ens toca ballar i jo no en vaig ser una excepció. De mica en mica vaig deixar de veure en Francesc i en David com a dos enemics i vaig haver de reconèixer —tot i que no ho vaig dir obertament a ningú— que la nostra convivència era força agradable.

La mare era feliç i en Toni i la Mariona s'havien adaptat perfectament bé a aquell canvi. Per la seva part, en Francesc i en David feien tot el possible perquè l'ambient fos distès i s'havien integrat a la nostra família sense grans dificultats.

Amb el pas del temps, gairebé sense adonar-me'n, vaig saber que estimava en David, que l'estimava molt més enllà del que s'estimen els germans. I vaig saber també que ell estava enamorat de mi.

Aquella tarda de juny, després que en David hagués passat tot el curs a Londres, ja no vaig poder esperar més. Estava convençuda que encara s'ho hauria de rumiar molt abans de parlar-me del seu amor i jo començava a estar impacient.

* * *

Vaig admirar la seva valentia. D'un cop de ploma la Núria havia aterrat el mur invisible que m'impedia d'explicar-li quins eren els veritables sentiments que m'inspirava.

Feia tres anys que l'estimava calladament, des d'aquell primer estiu que vam compartir. L'estimava, fins i tot, abans que ella hagués deposat les armes de la seva lluita contra el pare i contra mi, quan el seu llenguatge era punxant, quan el seu posat era despectiu, quan tot el que manifestava envers nosaltres era un despit que no semblava tenir fi.

Havia estat a punt de dir-li-ho moltes vegades: aquell primer estiu, durant les llargues vetllades a la terrassa; quan va començar a sortir amb en Roger i gairebé ja m'ho veia tot perdut; de Londres estant, en una de les nombroses cartes que li escrivia...

Però em feia moltíssima por que ella no sentís el mateix que jo, i això em forçava a callar: no hagués estat capaç d'encaixar una resposta negativa. La Núria era el millor que hi havia a la meva vida...

Aquella tarda de principi d'estiu ella va prendre la iniciativa amb les seves paraules... i jo vaig permetre'm un altre llenguatge. El primer petó que li vaig fer va ser la manera més adient que vaig saber trobar per a manifestar-li el meu amor. Tanmateix les paraules, en aquells moments, m'eren esquives.

No hi va haver la màgia de les pel·lícules en el nostre primer petó. Els clàxons dels cotxes van disparar-se quan el semàfor va passar del vermell al verd sense que me n'adonés. Les mans em tremolaven i vaig tenir feina a aparcar el cotxe ran de vorera. Finalment em vaig poder desempallegar de l'atenció que havia de dedicar al trànsit i ens vam mirar llargament, sense aquell mur invisible que ens havia separat durant els tres darrers anys.

—«Més val que truquis als teus amics —es va imposar el seu sentit pràctic—. Jo també he d'avisar la Mireia...»

Cinc minuts després ens havíem desfet dels nostres respectius compromisos i ens vam enfrontar amb la nostra primera tarda compartida i sense testimonis.

2

Vam anar a seure en una terrassa i recordo que vam demanar cafè amb gel. La calor començava a deixar-se sentir i s'agraïa l'ombra fresca de la porxada.

Un cop ens van haver servit, en David va respirar a fons i va continuar amb la conversa que havíem deixat.

—Potser te n'havia d'haver parlat abans, Núria, però és que cada vegada que m'ho proposava seriosament sorgia algun entrebanc que me'n feia desdir.

—Quan va ser que vas descobrir...?

—Te'n recordes, d'aquell primer estiu? Saps que vaig anar de càmping amb en Pau i en Dani? Doncs va ser justament un dia d'aquells, allí, a Palamós. En Pau em va provocar, va fer algun comentari que... Bé, la meva reacció em va fer veure que, malgrat el despit amb què em tractaves aleshores, m'havia enamorat de tu.

Vaig somriure. Quedava tan lluny tot allò!

—Doncs no et vas pas afanyar a fer-m'ho saber, noi! De debò has passat tres anys...?

—Estimant-te en silenci —va acabar la frase—. És que tu eres una criatura, fa tres anys. I després vas començar a sortir amb en Roger...

—Més tard te'n vas anar a Londres... I ara, si es pot saber, què esperaves? Em sembla que si jo no m'arribo a decidir...

—No, dona, no. D'aquest estiu no podia passar. De segur que hagués trobat el moment oportú...

—Qualsevol moment és el moment oportú, ja ho veus.

—Home, hagués preferit un lloc més romàntic que no pas el cotxe aturat en un semàfor vermell...

—Com ara una terrassa de bar, a l'ombra dels porxos?

—Sí, per exemple.

—Doncs va, tornem a començar...

Hi havia una espurna de riure als seus ulls.

—M'estàs provocant?

—Sí, descaradament.

Estàvem asseguts, l'un davant l'altra, amb la taula entremig. En David es va aixecar i va col·locar la cadira al meu costat. Em va passar el braç per damunt les espatlles i em va atraure cap a ell per besar-me. Vaig tancar els ulls i vaig perdre el món de vista. Els seus llavis eren dolços i tebis i aquell contacte nou em va fer estremir.

—No saps com m'ha costat, de vegades, reprimir l'impuls de besar-te...

—Encara no m'explico per què has esperat tant de temps... Em tenies impacient!

—Una nit, a Llafranc, vam anar a passejar per la platja... Et parlo de l'estiu passat, te'n recordes? Ens vam asseure ran d'aigua i vam estar molta estona en silenci, mirant el cel i el mar... Et sentia respirar, tan a prop meu...

—I quan em vas donar la mà per aixecar-me, el

meu impuls em va portar als teus braços —vaig riure en rememorar l'escena—. Va ser una mica intencionat, la veritat...

—Que bruixa que ets, Núria!

—Hagués estat molt romàntic, noi! No sé per què no vas aprofitar les circumstàncies...

—Perquè tenia al davant la perspectiva d'un curs sencer a l'estranger. No t'hagués pogut deixar, després de dir-te que t'estimava...

—Certament hagués estat difícil, però no crec que sigui bo controlar els sentiments fins aquest punt... A més, t'arriscaves a trobar-me compromesa amb un altre, en tornar...

La seva mà es passejava pels meus cabells i era terriblement agradable. M'encantaven les seves mans morenes, de dits llargs i ungles arranades.

—Cada vegada que rebia una carta teva, tremolava. Temia tant que un bon dia coneguessis algú que t'enamorés!

Parlar amb en David de totes aquestes coses em causava una sensació estranya. La nostra relació, al llarg dels tres darrers anys, havia estat gairebé una relació de germà-germana i ara, de cop, m'esforçava per veure'l d'una altra manera, per parlar-li amb un altre llenguatge. No acabava de sentir-me natural...

* * *

Havia estat dur estimar-la en silenci, però tampoc no era fàcil ara que havíem deixat brollar les paraules. Ens sabíem tots els replecs, la Núria i jo. L'havia vista sota l'ampli ventall d'aspectes que permet la convivència quotidiana: l'havia sentida discutir amb en Toni, renyar a la Mariona, negociar amb la M. Àngels perquè la deixés tornar com més tard millor... L'havia vista enfadada, trista, dolguda, atabalada, avorrida, engrescada... La seva imatge havia desfilat sota els meus ulls vestida d'esport, en pijama, de vint-i-un botons, en vestit de bany, pentinada, escabellada, maquillada i desmaquillada. El fet d'haver conviscut amb ella no m'ajudava gens aquella tarda en què vam voler incorporar a la nostra coneixença uns matisos nous. La nostra relació havia canviat, però ni ella ni jo no podíem ignorar tot el bagatge que portàvem al darrere. Les paraules d'amor semblaven artificials als meus llavis i els nostres primers petons tampoc no van ser massa espontanis. Tot i que sempre l'havia estimada, havíem passat tres anys tractant-nos com a membres de la mateixa família i no era fàcil, de cop i volta, donar aquell gir a la nostra relació.

Vaig acariciar-li els cabells i em va fer l'efecte que el seu contacte em provocava una descàrrega elèctrica. Tantes vegades havia desitjat enredar els dits entre els seus cabells castanys i brillants! Era com si se m'hagués posat a l'abast la fruita prohibida...

—N'estàs ben segura, Núria? M'estimes de veritat?

—Caram, David! A què ve aquesta pregunta?

—T'has plantejat què passarà si després d'uns mesos ens hi repensem? Haurem de seguir convivint, encara que ens hàgim tirat els plats al cap. Ho has pensat?

—No, no vaig tan enllà, jo! De tota manera, crec que ens coneixem prou com per a aventurar-nos... I si un dia decidim que la cosa no funciona, ja veurem com ho arreglem.

—I els nostres pares? Creus que els ho hem de dir? Els ho expliquem ja?

Va esclafir en rialles, em va voltar el coll amb els braços i em va deixar un petó a la punta del nas.

—Et sembla que els ho podríem amagar gaire temps? No penso continuar reprimint el desig de besar-te!

—No, jo tampoc. No m'imagino dient-te «bona nit, Núria» sense fer-te un petó abans de perdre't de vista darrera la porta de la teva habitació...

—Aquest vespre mateix els podem donar la notícia. Tothom es quedarà de pedra!

—En Toni ja sap de què va la història. Un dia vam tenir una conversa...

—No em diguis!

—T'estranya? Aquestes coses es comenten entre amics, saps?

—Sí, i també es comenten entre germans!

—Què?

—Que jo també li vaig fer les meves confidències...

—Quin amic! No em va dir que senties alguna cosa per mi!

—Quin germà! No em va dir que m'estimaves...

—És que li vaig fer prometre que seria un secret entre nosaltres.

Va riure amb una rialla fresca, divertida.

—Jo també li vaig demanar que no en parlés amb ningú! Anem cap a casa? Em moro de ganes de veure quina cara fa!

Vam caminar fins al cotxe agafats de la mà. El contacte dels nostres dits enllaçats em feia arribar vibracions sorprenents. Era tan especial, allò nostre!

Abans que girés la clau de contacte, la Núria em va besar una vegada més. Havia desitjat tant els seus petons que ara no me'n sabia avenir, no podia assimilar que tot allò hagués passat de debò, que ella sentís el mateix que jo, que ens estiguéssim besant.

—On has après a fer aquests petons tan bons?

—Au va, Núria! No voldràs que t'expliqui les meves històries amoroses!

—Pensava que havies passat els darrers tres anys estimant-me... Havies sortit amb alguna noia abans o vas obrir algun parèntesi mentre esperaves que jo creixés?

—De vegades es presenten ocasions que... En fi... No ets la primera noia a qui faig un petó, ves... Però no cal que en parlem: han estat aventures sense transcendència...

—Estic gelosa!

—Jo sí que vaig estar gelós d'en Roger! No saps fins a quin punt m'emprenyava sentir-te parlar d'ell. I el tenies a la boca a totes hores!

—Pobret David! Que malament ho devies passar!

—No cal que te n'enfumis. De debò que va ser molt dur. Més d'una nit vaig plorar per culpa d'ell...

—I això no obstant...

—No hi tornem! No em tornis a preguntar per què no et vaig confessar el que sentia per tu.

—D'acord, deixem-ho córrer...

Havíem arribat a casa. El reixat de ferro forjat era obert de bat a bat i el cotxe del pare no era al seu lloc habitual. Segurament havia sortit amb la M. Àngels. Hauríem d'esperar que tornessin per donar-los la notícia.

3

A casa només hi havia la Mariona, i en David no em va permetre que li expliqués res perquè havia de ser una sorpresa d'aquelles que es comuniquen a l'hora de les postres. Va agafar una ampolla de cava del rebost i la va posar al frigorífic. No deixava res a l'atzar!

La Mariona feinejava a la cuina i es va adonar de la maniobra d'en David:

—Hem de celebrar alguna cosa? —va preguntar ingènuament—. La revetlla és demà, no pas avui!

La meva germana havia crescut molt els darrers mesos. El seu cos de nena s'havia transformat ràpidament i ja no quedava cap rastre del seu aire infantil. Era més alta que jo i continuava creixent.

—Què ens prepares per sopar?

—Una amanida exòtica amb una salsa exquisida. A tu no t'agradarà perquè porta mostassa... Però, t'he fet maionesa.

Li encantava cuinar i sovint ens sorprenia amb plats nous, sofisticats, d'una elaboració cada vegada més complicada. La mare de la seva amiga Júlia era cuinera i li havia ensenyat gran quantitat de secrets culinaris. A tots ens anava de meravella que cuinés perquè la mare no passava del bistec amb patates rosses o dels plats precuinats.

—Podeu començar a parar taula, si voleu —ens va dir—. La mare i en Francesc han dit que tornarien d'hora i en Toni no trigarà gaire tampoc.

—Jo vaig a trucar a la Mireia —vaig mirar en David—. Li haig d'explicar una cosa...

Em vaig escarxofar al sofà i vaig marcar el número de la meva amiga. En David, amb les estovalles a la mà, va venir a fer-me un petó silenciós i ràpid.

—Parla fluixet, que no et senti la Mariona...

A la Mireia no li havia dit que en David era la causa que m'impedia d'anar a casa seva aquella tarda, tal com havíem quedat. Quan es va posar a l'aparell, la seva veu sonava excitada.

—Ei, Núria! Què són tots aquests misteris? M'has deixat ben intrigada, la veritat...

—Ho sento, noia, les coses han vingut així...

—Au, vés al gra. Què t'ha passat?

—Què és el millor que em podia haver passat?

—En David?

—Premi per a la senyoreta! Ho has encertat!

—Ja era hora! Se t'ha declarat?

—Li he hagut de donar una empenteta, però sí, ja ho hem aclarit tot. No saps que contenta que estic!

—Enhorabona, Núria! Ho hem de celebrar, eh? Ja ho heu dit a casa?

—No encara. Acabem d'arribar i només hi ha la Mariona. Serà sonada!

—No sé si la teva mare i en Francesc estaran gaire tranquils a partir d'ara...

—Què vols dir? No crec que hi tinguin res a dir, a més, em sembla que estaran ben contents.

—No, dona! De segur que els agradarà la idea, però... és molt perillós, tot plegat. T'adones que has començat a festejar amb un noi que viu a la mateixa casa que tu? Hauran de fer guàrdia permanentment per tal d'evitar que... que hi hagi massa intimitat entre vosaltres.

Ah, la Mireia, que clarivident! Jo encara no m'havia arribat a plantejar aquell inconvenient... o aquell avantatge.

Quan vaig penjar el telèfon, en David em va mirar interrogativament.

—Saps què m'ha dit? Que la mare i en Francesc hauran de fer guàrdia tothora perquè no fem malifetes... No ens deixaran sols a casa, a partir d'ara!

M'ho vaig imaginar o va envermellir de debò? Tot i que ja tenia dinou anys, el vaig veure com un adolescent a punt de llençar-se a quequejar. I ho va fer:

—Jo... jo... Núria, no crec... que...

M'agradava que fos així.

* * *

Ho vam notificar a l'hora de les postres, quan la conversa era més animada. Durant tot el sopar havia estat evitant la mirada de la Núria, aquells ulls que a voltes reien burletes, a voltes m'embolicaven d'una tendresa nova; els ulls verds, de gat, els seus ulls meravellosos.

—Què et sembla, David? Potser ja és el moment...

Em feia una mena d'impressió estranya haver d'explicar als membres de la família que la Núria i jo havíem canviat la nostra relació fraternal per una altra que anava molt més enllà.

—Sí, eh... Sabeu? La Núria i jo hem decidit... Pensem que us hem de dir...

Tothom estava expectant. Sabien ja què era el que els volia dir? Sospitaven alguna cosa? Seria realment una sorpresa? En Toni, el germà de la Núria, va somriure amb satisfacció. Era l'única persona a qui jo havia confessat els meus sentiments.

—En David i jo hem començat a sortir junts! —va dir triomfalment la Núria en veure que jo no me n'acabava de sortir.

La Mariona va fer un bot a la cadira.

—Quèèè?

En Toni va exclamar:

—Molt bé, nois! Ja era hora!

El pare i la M. Àngels es van mirar i van canviar un somriure complagut. No semblava pas que la notícia els vingués molt de nou.

—És veritat? No m'ho puc creure! —La Mariona era la més sorpresa.— Quina passada!

—Si us sembla... He posat cava en fresc, per celebrar-ho...

El pare es va aixecar i em va venir a fer una encaixada, emocionat.

—Espero que et vagi tan bé amb la filla com a mi em va amb la mare...

La M. Àngels també va abraçar la Núria.

—Ja m'ho semblava, a mi, que...

Petons i abraçades, crits de la Mariona, felicitacions d'en Toni, el tap del cava espetegant, la Núria i jo abraçats, finalment, mirant-nos sense dissimulació amb els ulls brillants. Va ser un moment memorable.

—Qui ho hagués pogut preveure, això! No en volies ni sentir a parlar, d'en David! Ara fa tres anys, feies uns morros de pam perquè havies de conviure amb dos desconeguts...

—Va ser justament quan va deixar de ser un desconegut que van canviar les coses...

—Prou que us ha costat decidir-vos! —En Toni, que havia arribat a ser el meu millor amic, era feliç—. Ja em pensava que em tocaria fer de Celestina...

—Tu ho sabies, Toni? I no ens vas dir res?

—No podia trair-los... Les confidències no s'escampen!

—A mi sí que m'ho haguessis pogut explicar, que era la interessada! Quan et vaig dir que en David m'agradava ja havies parlat amb ell, oi? Ja sabies el que sentia per mi... Per què no me'n vas dir res?

—Vaig saber dissimular prou bé el meu atac de riure... No em va ser fàcil callar, no pensis...

Després de totes les efusions ens van deixar sols,

a la terrassa on solíem fer la sobretaula els quatre joves. Ni en Toni ni la Mariona no van voler ser un destorb per a la nostra intimitat, tot i que els feia gràcia veure les mostres d'afecte que la Núria i jo havíem incorporat al nostre llenguatge habitual. Vam seure de costat i vam enllaçar les mans. Ens vam besar llargament, sense inhibicions.

—No em pensava que els teus petons fossin així —em va dir—. És... no sé com dir-ho... És tan diferent... Encara no acabo d'entrar en el paper...

—A mi també em costa veure't sota aquest prisma nou. Encara em sembla que no pugui ser...

Vaig pensar que hagués estat molt més senzill si ens haguéssim conegut en una festa o a l'institut o en sortir del cinema... Aquella situació en què ens trobàvem —començar a pronunciar paraules dolces després de tantes converses amistoses, començar a acariciar-nos després de tres anys de conviure— era tot un canvi i, encara que hi havia somiat sovint, encara que l'havia desitjada bojament, em venia molt de nou.

Els meus dits eren maldestres en lliscar pels seus cabells, la meva veu no aconseguia el matís de tendresa que li volia donar. Sabia, però, que de mica en mica ens adaptaríem a aquest canvi i que deixaria d'associar-la amb la meva família més directa per descobrir en ella, únicament, la dona que estimava.

4

Havíem de passar el mes de juliol amb el pare i la Mercè, cosa que no em venia gens de gust perquè significaria estar tot un mes lluny d'en David.

La nostra relació amb el pare havia canviat una mica. Abans, els caps de setmana que havíem de passar a casa seva eren sagrats, a ningú no se li acudia de tenir un altre compromís que capgirés allò que estava establert. Però, amb el temps, vam flexibilitzar les visites de manera que els caps de setmana alterns no signifiquessin un trencament amb la vida de cadascun de nosaltres. En Toni, la Mariona i jo vèiem el pare sovint, però tan aviat hi anàvem a dinar com a sopar, tots tres alhora o un de sol... Les visites eren breus però freqüents i el que hi havia escrit en el conveni de divorci ja no tenia cap sentit: fèiem com volíem.

Això no obstant, l'estada amb el pare durant els períodes de vacances encara no havia estat qüestionada per ningú.

Vaig parlar del tema amb en David i amb el meu germà. Naturalment, en David tampoc no em volia perdre de vista durant les vacances, però entenia que al pare li sabria greu que no hi anés. En Toni va ser força contundent:

—Jo crec que li has d'explicar la situació i dir-li que no hi aniràs aquest estiu. Ja som prou grans per prendre aquestes decisions i ell ho ha d'entendre. No pot pensar que això seguirà així indefinidament... Arribarà un dia que cap dels tres no voldrà anar de vacances amb ell perquè cadascú tindrà els seus plans. És lògic, no?

Tenia raó, en Toni, però temia que el pare s'ho agafaria malament.

—No sé si li agradarà gaire saber que m'he posat a festejar justament amb el fill d'en Francesc...

Li havíem sentit més d'un comentari sarcàstic entorn del cop de cap que havia fet la mare en decidir de viure amb en Francesc i en David. Com si ell no hagués fet el mateix amb la Mercè! Però, és clar, segons els seus esquemes, la dona ha de tenir cura dels fills i tots aquests embolics li haurien d'estar prohibits per no distorsionar la vida de família. En el fons, crec que envejava la mare perquè havia tingut sort després de la separació. Ell, el pare, amb la Mercè, sempre havia estat penjant d'un fil. Es barallaven sovint i sempre feien la impressió d'estar a punt de partir peres.

—Tant si li agrada com si no, és un fet i l'haurà d'acceptar. Si s'ho agafa malament, serà el seu problema...

—Què hi dius, David?

—Ets tu qui ha de decidir, però crec que els pares s'han d'anar mentalitzant que els fills creixem i necessitem una certa independència... No hagués pas pogut anar a estudiar a Londres si el pare no ho hagués entès així...

Aquell mateix vespre vaig anar a sopar a casa el pare. Tot i que ja sabia que no s'ho agafaria massa bé, esperava més comprensió de la seva banda. No li vaig preguntar si li sabria greu que no passés el juliol amb ell. Li vaig dir, senzillament, que no hi aniria, que havia començat a festejar amb en David i que preferia quedar-me a casa. De seguida va adoptar el posat de màrtir, com si estigués terriblement dolgut per la meva decisió, i es va començar a plànyer: que si ja ho veig, que no sóc important per a tu, que si cada dia t'allunyes més de mi, que si no m'expliques res de la teva vida...

El vaig deixar dir. La Mercè també escoltava el reguitzell de retrets que em feia. Finalment, va ser ella qui va aturar-lo:

—Saps què, Lluís? Si continues en aquest to, el més probable és que la Núria perdi les ganes de tornar a venir.

—I tu, per què t'hi fiques? —va ser com si l'haguessin punxat amb una agulla—. A veure si no podré dir als meus fills el que penso!

—El que passa és que no penses massa encertadament. Et mostres egoista, no se t'ha acudit ni de felicitar la Núria, ni li has preguntat res d'en David... Vols que se senti culpable, oi? Per què no acceptes que els teus fills es fan grans? No els pots obligar a passar amb tu els trenta dies que, segons el conveni, els corresponen. Ja no són uns marrecs que han d'anar d'aquí cap allà segons les disposicions dels adults!

La Mercè havia estat molt dura i el pare es va enfurismar, no amb mi sinó amb ella.

—Vols fer el favor de callar, Mercè? Ningú no t'ha demanat l'opinió i no tens cap dret, cap, a interposar-te entre els meus fills i jo! La Núria encara no és major d'edat i sí que la puc obligar a passar les vacances amb mi! I tant, si puc!

Semblava que el pare estigués disposat a fer una demostració de força. No sabia si estava tan enfadat perquè la Mercè havia ficat cullerada en el tema que ens ocupava o perquè jo havia plantejat aquella qüestió. El cas és que vaig intentar de posar pau.

—Ho has d'entendre, papa... No em ve gens de gust de marxar, justament ara. I això no vol dir que t'estimi menys, és clar que no! Crec que és molt millor que ens vegem quan ens ve de gust que no pas que et vinguem a veure per obligació, perquè toca, tant si en tenim ganes com si no...

—Jo sempre en tinc, de ganes d'estar amb vosaltres! No saps què representa per a un pare haver de renunciar als seus fills! I més sabent que hi ha un altre home que els veu cada dia, que dina i sopa amb ells... L'únic que em faltava era això, que et posessis a festejar amb el fill d'en Francesc!

Els seus arguments m'havien fet posar a la defensiva. Ja estava tipa de sentir-lo parlar com si fos el bo de la pel·lícula.

—No entenc per què li tens tanta mania! Et

recordo que vas ser tu qui va deixar la mare per anar a viure amb la Mercè! El que ella hagi pogut fer després ja no és assumpte teu, dic jo.

Ningú no li ho havia dit mai tan clarament. Vaig pensar que em pegaria una bufetada, però no ho va fer. Les meves paraules i el to d'indignació amb què les havia amanides van quedar flotant en l'aire durant un llarg instant. Finalment, el pare va dir:

—D'acord. Ja veig com penses... Per mi, com si no vols tornar!

Va ser molt fort. Em dolia profundament deixar-lo així, però sabia que no aconseguiria de fer-lo raonar. Havia de pair la notícia, li calia temps per a assimilar la situació. Em vaig aixecar i li vaig fer un petó eixut a la galta. Ell no va moure ni un múscul.

La Mercè em va acompanyar a la porta i em va dir baixet:

—No t'hi amoïnis, Núria. Ja li passarà. I... vull que sàpigues que m'alegro d'això teu i d'en David. Us desitjo que us vagi bé...

Vaig caminar pels carrers solitaris amb el cor encongit. Normalment, quan hi anava a dinar o a sopar, el pare m'acompanyava fins a casa amb el cotxe. Aquella nit hauria de fer el camí a peu i carregada amb tots aquells sentiments que es barrejaven dins de mi. No em sentia culpable, però em sabia molt greu que no volgués entendre que ell era només una part de la meva vida, ni tan sols la part més important. L'estimava, és clar que sí. Però també veia que havia anat sempre a la seva, que massa sovint el que deia era una cosa i el que feia, una altra. Sempre es planyia que ens veia poc... però havia estat ell qui havia marxat de casa i, per tant, qui va renunciar a viure amb nosaltres. D'altra banda, moltes vegades ens havíem trobat que, quan anàvem a casa seva, ens deixava sols o amb la Mercè durant hores, perquè tenia algun compromís i jo sabia positivament que els seus compromisos no eren de feina, malgrat que ens ho volia fer creure així. Era, per tant, un contrasentit que es queixés perquè ens veia molt poc si, quan podia estar amb nosaltres, se n'anava vés a saber on i amb qui. L'estimava perquè era el meu pare, però ja no me'l creia i el seu egoisme se'm feia evident.

Em feia ràbia que fos així. I em dolia.

* * *

En Toni i la Mariona van anar a passar el mes de juliol amb el seu pare. La Núria havia parlat amb ell i havia intentat de fer-li entendre que aquell estiu no tenia gens de ganes d'anar a fer un viatge per Andalusia. No em va voler explicar gran cosa de la conversa que havien tingut, però em va dir que el seu pare no s'ho havia agafat gens bé.

Com que la M. Àngels i el pare no tenien vacances fins a l'agost i havien de complir amb els horaris laborals, ens van proposar que anéssim a Llafranc amb la tia Montserrat i l'oncle Ramon. Allò que havia dit la Mireia que no ens deixarien sols a casa era una mica exagerat, però el cert és que als nostres pares els inquietava una mica pensar en el que podia passar...

De fet, el pare ja m'havia fet algunes reflexions entorn del tema i la M. Àngels també n'havia parlat amb la Núria.

—Ja sé que aquestes coses són molt diferents ara —m'havia dit—, però no voldria que tinguéssim un disgust. La Núria és molt jove encara i has de ser prudent... Saps de què et parlo, oi?

—Sí, ja veig per on vas... De moment, podeu estar ben tranquils, no tenim cap intenció de...

—És que no s'ha de tenir intenció per a això... Si esteu sols a casa, és lògic que un dia o altre...

Vaig ser molt franc:

—Mira, el que és clar és que ni la Núria ni jo no esperarem a tenir papers signats, no sé si mai ens arribarem a casar, vull dir. Però això no t'ha de preocupar, oi? Tampoc tu no t'has casat amb la M. Àngels i aquesta circumstància no us impedeix de ser feliços...

—Tant a la M. Àngels com a mi ens és ben igual si us caseu o no. Però la Núria i tu teniu moltes coses a fer abans de carregar amb certes responsabilitats... Si es quedés embarassada...

—Ja sé que hi ha mitjans per a evitar-ho, si és el que em vols explicar.

Em va donar uns copets amistosos a l'espatlla, d'home a home.

—Entesos —va dir—. Ets prou assenyat per saber com has de menar la teva vida...

Em va agradar aquella xerrada amb el pare. D'una banda em demanava prudència però, de l'altra, entenia que la Núria i jo poguéssim arribar a fer l'amor, un dia no gaire distant. Volia assegurar-se, només, que els nostres actes no tinguessin conseqüències poc desitjades.

Pel que fa a aquell aspecte de la nostra relació, la Núria i jo estàvem molt lluny, encara, de necessitar un contacte físic més íntim. Les circumstàncies que havien envoltat el nostre amor eren prou peculiars i encara ens movíem a cavall entre la relació fraternal que havíem mantingut fins feia pocs dies i les manifestacions del nostre afecte de parella. Ens besàvem, ens abraçàvem, ens miràvem dolçament, ens dèiem paraules que mai no havíem pronunciat..., però no teníem gens de pressa per anar més enllà. Abans havíem de deixar que aquelles sensacions noves sedimentessin, ens havíem d'acostumar a contemplar-nos sota una òptica diferent de la dels darrers tres anys.

Suposo que la idea d'enviar-nos a Llafranc va ser de la M. Àngels perquè, segons m'havia explicat la Núria, ella estava força intranquil·la pel que feia al tema de la nostra intimitat.

—Per què les mares sempre ens han de veure com a criatures petites, desprotegides, indefenses...? Saps què li he dit?

—Que no es posi en els teus assumptes? Ets molt capaç...

—No, home, no! En realitat ja comprenc les

seves pors i, de fet, no ha passat de la ratlla en el paper de mare tradicional, repressiva i tot això...

—Ah! Sort que no has tingut cap sortida de les teves...

—Li he dit que havia de confiar en l'educació que m'ha donat.

Tenia raó, la Núria. Tant la M. Àngels com el pare ens havien educat prescindint de les tradicions absurdes, de les farses, dels convencionalismes socials. Evidentment, no ens podien posar el matrimoni com a meta perquè per a ells no ho havia estat... Ara haurien d'encaixar les coses tal com vinguessin, confiant que els valors que ens havien intentat de transmetre no haguessin caigut en terreny erm. El respecte era un d'aquells valors, i jo, a la Núria, per damunt de tot, la respectava.

La idea d'anar a passar uns dies a Llafranc ens va agradar a tots dos. Feia molta calor i no hi havia res que ens retingués a la ciutat. Seria fantàstic tornar amb la Núria a les caletes amagades que havíem explorat quan érem adolescents. Tenia ganes de tornar a mirar el mar i les estrelles, a la nit, amb ella. Ara seria diferent... podríem besar-nos acotxats per la remor assossegada de les ones.

5

La casa de Llafranc era propietat dels avis d'en David, que ja eren molt grans i no hi anaven gairebé mai. La Montserrat i en Francesc s'ho combinaven, els estius, per passar-hi les vacances.

La Montserrat era molt més jove que en Francesc i tenia un caràcter extravertit, alegre, dinàmic, que m'encantava.

La mare d'en David havia mort quan ell només tenia sis anys i la Montserrat se n'havia fet càrrec —era soltera aleshores— fins que va ser prou gran per espavilar-se sol. En David se l'estimava molt i jo també li tenia un afecte ben especial.

En Ramon, el seu marit, era un home reposat, de poques paraules, que contrastava amb la vitalitat de la seva dona. Mai no havia entès que es poguessin avenir tant, tenint com tenien uns caràcters tan diferents.

Vam anar a Llafranc amb el cotxe de la mare. En David feia poc temps que conduïa, però em sentia molt segura amb ell. M'agradava veure les seves mans brunes posades amb suavitat sobre el volant i el seu aire de concentració quan fixava els ulls en la carretera.

—L'estiu que ve ens n'hauríem d'anar de viatge,

tu i jo sols... —li vaig dir—. M'encanta fer quilòmetres al teu costat...

Va somriure.

—No sé si m'hi aventuraré! L'any que ve ja tindràs el carnet de conduir i, segurament, voldràs portar tu el cotxe.

—Podríem anar a Itàlia, amb la tenda...

Era bonic, somiar. El nostre present era magnífic, és clar, però hi havia tant de futur al nostre davant, hi havia tantes coses que desitjava fer amb en David! La nostra vida era plena d'expectatives meravelloses.

En Francesc havia avisat la seva germana de la nostra visita i li havia explicat les novetats que feien al cas. La seva abraçada, quan vam arribar, va ser molt efusiva.

—Qui ho havia de dir, nois! No sabeu com m'ha impressionat la notícia! Ah, David...! Que contenta que estic! Feu una parella estupenda, estupenda de debò! M'heu d'explicar com ha anat, tot plegat... Deu ser tan romàntic! És una història de novel·la, la vostra...

Ens van acollir realment bé. Tot i la diferència d'edat, la Montserrat i en Ramon van saber crear-nos un ambient més que agradable. Ningú no feia compliments, tothom col·laborava en les tasques domèstiques, cadascú tenia llibertat per entrar i sortir al seu aire...

La primera tarda, la vam passar a la platja. Vam retrobar alguns amics d'en David, els quals jo havia conegut en estius anteriors, i ens va passar el temps volant.

El mar era d'un blau intens i les cases del poble conservaven aquella blancor feridora, sota el sol d'estiu, que tant m'agradava. Res no havia canviat, però jo em sentia diferent, lleugera, fresca, nova.

Els amics d'en David van fer molta broma a costa nostra. L'Ignasi, un noiet ros i pigat que m'havia anat al darrere l'estiu passat, va exclamar teatralment:

—Jo que aquest any estava decidit a conquistar-te! No hi ha dret!

—Però, què dius? —l'Albert era molt espontani—. Si tothom ho tenia claríssim, que aquests dos acabarien junts!

—Ah, sí? Doncs tu també feies moltes ximpleries quan la Núria era a prop, no te'n recordes?

—Qui? Jo?

—Sigui o no sigui veritat —va intervenir en David tot passant-me el braç per damunt les espatlles —, ja us en podeu oblidar, de la Núria...

—Ei, que no sóc una peça de subhasta que s'adjudica al millor postor! —vaig protestar.

Les nostres rialles eren obertes, franques. D'allò, sens dubte, se'n deia felicitat.

* * *

El primer estiu que la Núria havia vingut a Llafranc havia sentit molta satisfacció de presentar-la als meus amics. Ara, quan saltava a la vista el que hi havia entre nosaltres, encara me n'enorgullia més. Notava que els nois de la colla em miraven amb una certa enveja i alguns coneguts del pare em somreien complaguts en veure'ns agafats de la mà.

No m'estranyava gens que m'envegessin ni que ens miressin: la Núria és una noia que crida l'atenció, alta, esvelta, amb la pell daurada pel sol, els ulls verds, el somriure fàcil. Tothom la trobava simpàtica, ocurrent, engrescadora, i aquestes qualitats feien que sempre estiguéssim voltats de gent. No em sorprenia perquè havia passat el mateix els estius anteriors però, de vegades, tenia ganes d'estar sol amb ella, de no compartir-la amb els altres.

Els primers dies que vam ser a Llafranc vam estar molt sol·licitats. Els matins els passàvem a la platja, les tardes les omplíem amb partides de voleibol, de ping-pong, de campionats de parxís... els vespres sortíem a prendre un refresc, a cinema, a fer petar la xerrada... Sempre, tot, amb els amics. I, entremig, esmorzàvem, dinàvem, sopàvem i fèiem alguna canastra amb la tia Montserrat i l'oncle Ramon.

Trobava a faltar les estones de tranquil·litat.

Una nit, després de sopar, vaig proposar a la Núria que ens oblidéssim de la colla i que anéssim, sols, a fer un volt.

—Sí, ja deu ser hora que ens permetem una vetllada romàntica —va dir picardiosament—. Sembla que tothom s'hagi posat d'acord per evitar que ens sentim aïllats...

Vam marxar amb el cotxe perquè sabíem que si

ens quedàvem al poble, ens trobaríem amb més d'un conegut. Vaig enfilar la carretera en direcció a Palamós i vaig agafar el trencant de la platja del Castell. Durant el dia era impossible d'aparcar el cotxe prop de la platja però, aquella nit, vam poder deixar-lo ran de sorra. No hi havia ningú.

Vam caminar pel trencant de les ones fins a arribar a l'extrem de la platja i allí vam seure.

—Hauríem d'escapar-nos més sovint... És agradable estar amb els amics, però necessitava tenir-te una estona per a mi sol...

—Sí? —va preguntar amb un aire fingidament innocent—. Per què?

—Perquè tinc moltes ganes de besar-te, d'abraçar-te.

—Vaja, noi! Quines coses de dir!

Tenia el riure burleta als ulls però jo sabia que, quan comencéssim a besar-nos, se li endolciria la mirada. Va acostar el rostre al meu perquè la besés. Ho desitjava tant com jo.

Ens vam fondre en un bes llarg que va començar suau i que, lentament, es va transformar en una besada apassionada, esquitxada de desitjos inquietants. No vaig ser conscient que estàvem ajaguts damunt la sorra, estretament abraçats, abandonats al desfici dels nostres cossos, fins que la Núria em va interrompre bruscament:

—Prou, David, prou!

Li brillaven els ulls amb un esguard que no li coneixia.

Vaig reaccionar a l'acte i em vaig separar d'ella.

—Ho sento, no volia... Ho sento, de debò...

—Jo sí que volia... però em fa por —va murmurar—. M'he fet por jo mateixa: he pensat que no seria capaç d'aturar-me.

—Així, has sentit el mateix que jo?

Ens miràvem de dret al fons dels ulls, serenament.

—Sabia què era l'amor... Ara sé què és el sexe.

—Diuen que amor i sexe fan una barreja meravellosa i començo a comprovar que és veritat. T'ha agradat, també a tu, oi?

—Sí.

—I, de què has tingut por?

—No ho sé segur... Ha estat una sensació tan estranya! Per un moment m'he oblidat d'on érem, no sabia ni què estàvem fent... com si la meva voluntat no existís, ni per acceptar-ho ni per rebutjar-ho: he deixat de pensar, només sentia, et sentia.

Jo no hagués estat capaç d'expressar-ho amb paraules, però era exactament el mateix que m'havia passat a mi. Li vaig besar els llavis fugaçment i em vaig estirar damunt la sorra amb les mans enllaçades darrera el clatell. Les estrelles omplien tot el meu camp de visió. Les vaig contemplar en silenci durant una bona estona. La Núria també callava.

—Saps què penso? —vaig dir per fi.

—No, si no m'ho dius...

—Doncs mira, crec que n'hem de parlar... Aquesta ha estat la primera vegada, però n'hi haurà d'altres... I em sembla que jo hauria de saber on vols arribar. I tu també hauries de saber on vull arribar jo.

—Vols dir, una cosa així com... marcar-nos uns límits?

—No sona gaire bé, dit d'aquesta manera. Però sí, crec que, més o menys, és això: no voldria portar-te enlloc on no volguessis anar, m'entens?

Va reflexionar un instant i després, com si hagués fet un considerable esforç per veure-hi clar, va dir molt convençuda, vehement:

—T'estimo, David. I sé perfectament bé fins on vull arribar amb tu.

Va ser com si se m'oferís, i jo, pel que sentia envers ella, estava en disposició de comprendre que no era només el seu cos el que em volia donar. Em parlava d'una relació estreta, transparent, d'una connexió que ultrapassava qualsevol frontera que l'un o l'altra pretenguéssim crear. Em volia íntegrament, el meu cos i les meves idees, les meves paraules, els meus dubtes i el meu riure, el meu cos i tot el que contenia. Les seves paraules amagaven un sentit de plenitud que no podia ignorar.

Li vaig acariciar els cabells amb una tendresa que se m'escapava, a glopades, per la punta dels dits.

—Sabia que eres una noia fantàstica i, tot i així, no deixes de sorprendre'm...

6

Ens agradava compartir les hores del dia amb els amics i amb la Montserrat i en Ramon, però vam decidir de reservar-nos la majoria de les nits per a estar sols.

En David i jo no partíem de zero, com gairebé totes les parelles. Normalment, quan comences a sortir amb un noi, o amb una noia, el primer que cal fer és descobrir el seu caràcter, valorar-lo, equilibrar-lo amb el propi. Nosaltres, aquesta etapa ja la teníem més que superada perquè ens coneixíem a fons. La base de la nostra relació estava ben sedimentada i l'únic que havíem de fer era endinsar-nos en l'aspecte que pot diferenciar el tracte d'amics o de germans del tracte de parella: l'aspecte físic.

És tot un altre món, un altre llenguatge. Un món que abasta una gamma extensíssima de matisos diversos: des d'una mirada penetrant fins al contacte dels dits damunt la pell, del petó fugaç a l'abraçada estreta, de la tendresa més dolça al desig més desfermat, de la carícia suau a la follia dels sentits.

En David i jo, a Llafranc, vam llençar-nos a la descoberta dels nostres cossos i a l'experimentació amb els ressorts ocults que desperten sensacions il·limitades.

Després de sopar amb la Montserrat i en Ramon, agafàvem el cotxe i buscàvem indrets nous, de vegades els més tranquils, de vegades els més bulliciosos, segons ens vingués de gust una cosa o l'altra.

La primera nit que ens vam escapar dels esguards vigilants, vam anar a la platja del Castell i allí, sota les estrelles, vaig sentir per primera vegada que en David m'atreia sexualment. Mai, abans, no havia tingut el desig d'anar a totes amb un home, mai no m'havien sotragat sensacions com les que em van fer vibrar aquella nit.

Sóc una persona força cerebral, jo. Necessito analitzar les coses que em passen, prendre decisions després de reflexionar fredament entorn dels camins possibles, gairebé mai no em deixo endur per impulsos sobtats...

Però, aquella nit, vaig adonar-me que els raonaments, la intel·ligència, les capacitats de comprensió i de decisió desapareixen en obrir, de bat a bat, sense límits, les portes dels sentits. Tota jo em vaig abocar enterament a assaborir els besos i les carícies àvides d'en David. Només sentia el contacte dels nostres cossos anhelants que buscaven més i més percepcions inesperades, enfervoridores, excitants, apassionades. Durant uns minuts vaig oblidar-me de tot i em vaig lliurar a l'univers dels sentits.

Sobtadament, com un llampec, vaig ser conscient d'on era i de què estava fent i em vaig sentir com si estigués caient per un abisme sense fi. Les sensacions que havia viscut eren, innegablement, plaents; però m'havia envaït una mena de vertigen estrany perquè havia perdut el control dels meus actes.

En David va entendre molt bé la meva reacció i no va protestar perquè l'hagués deixat amb la mel als llavis. En vam estar parlant i vaig arribar a la conclusió que, si el volia estimar al cent per cent, m'havia de donar al cent per cent. I, ara que havia descobert què era allò que anomenaven desig sexual, estava determinada a continuar endavant. M'havia agradat i necessitava avançar en aquell terreny.

Aquella nit, però, no vam reprendre les carícies enfebrosides perquè ens vam sentir amarats d'una tendresa serena, encalmada, que propiciava les converses a mitja veu.

Des d'aquella nit, a la platja del Castell, cada dia, després de sopar, ens n'anàvem, en David i jo, amb el cotxe, a fer el nostre passeig. De vegades buscàvem la gatzara d'una discoteca o d'altres locals nocturns i rèiem i coneixíem gent. Però, gairebé sempre preferíem buscar la caleta menuda, deserta, tranquil·la, per avançar lentament en el camí de la descoberta dels nostres cossos. La Montserrat, que devia saber perfectament per quin punt passàvem, sempre, abans que sortíssim de casa, ens deia:

—Porteu-vos bé, nois...

I, de vegades, ens picava l'ullet amb un aire de complicitat que m'encantava. Mai no ens va preguntar on anàvem ni què fèiem, ni ens va posar cap entrebanc. Sospito que havia parlat d'aquest tema amb en Francesc o amb la mare, per esbrinar fins a on arribava la seva responsabilitat. I, evidentment, els nostres pares ja havien acceptat que l'única responsabilitat estava a les nostres mans.

En David i jo ens sentíem adults i lliures.

* * *

Encara, quan hi pensava, em costava de creure que no vivia un somni sinó la realitat que durant tant de temps havia estat somiant.

Amb prou feines feia dues setmanes que havíem iniciat aquell camí i em semblava que havia estat així des de sempre. De vegades em preguntava com havia pogut viure tant de temps a prop seu sense tocar-la, sense besar-la, sense parlar-li amb els ulls. I totes aquelles manifestacions d'afecte que els primers dies m'havien costat d'encaixar havien esdevingut la cosa més natural del món. La més natural i la més necessària, perquè la progressió que havíem fet en el camp de les relacions físiques era una espiral que ens menava cada cop més lluny i ja no hagués pogut prescindir de les carícies que la Núria em regalava.

La tia Montserrat i l'oncle Ramon van ser molt comprensius, els dies que vam passar amb ells, a Llafranc. Ni la Núria ni jo ens sentíem cohibits amb ells. Sovint jugàvem a la canastra o anàvem a seure en una terrassa i fèiem petar la xerrada durant un parell d'hores, o sortíem tots quatre plegats a fer el volt de mitja tarda. Tot i que, quan jo era un marrec, la tia Montserrat m'havia fet de mare, no la veia pas massa distant perquè tot just havia fet els trenta anys i tenia un caràcter molt jove.

Quan veia que ella i la Núria xiuxiuejaven i reien, agafades de bracet, no podia evitar de pensar com s'havia fet fonedissa, la Núria, per no assistir al primer dinar que vam organitzar perquè la Montserrat i en Ramon coneguessin la M. Àngels i els seus fills. Encara no vivíem a la torre, aleshores, i jo estava convençut que la M. Àngels era massa tova amb les actituds estúpides de la seva filla gran i m'indignava que li consentís menysprear-nos d'aquella manera.

El pare i la M. Àngels trucaven de tant en tant per saber com estàvem. Deien que esperaven les vacances amb impaciència perquè anar a treballar amb la calor que feia era insuportable. Però també gaudien de la tranquil·litat que regnava a la torre modernista, sense l'enrenou que organitzàvem nosaltres. I és que no solament havien de conviure amb quatre fills —o fillastres—, sinó que sempre hi havia amics de l'un o de l'altre convidats a dinar o a sopar o, fins i tot, a dormir. La casa era prou gran i l'ambient que s'hi respirava feia que tothom que ens visitava s'hi trobés bé. Era lògic, doncs, que el pare i la M. Àngels aprofitessin aquells dies de calma.

En Toni i la Mariona també ens havien telefonat algun dia per explicar-nos com els anaven les coses amb el seu pare i la Mercè. Passaven molta calor i en Lluís estava de mal humor. No va aprofitar cap de les trucades dels seus fills per canviar quatre paraules amb la Núria, ni que fos per recriminar-li que no hagués anat a Andalusia amb ells. A la Núria li sabia greu que s'ho hagués agafat tan malament i un dia, després que parlés amb els seus germans, vaig veure que tenia els ulls ben negats.

—Què passa, Núria? Què és el que no va bé?

—És el pare: no hi ha dret que sigui tan... tan...

—Has parlat amb ell? S'hi ha volgut posar, avui?

—No, home! Com podia rebaixar-se a fer una cosa així? El que passa és que està terriblement ofès amb mi... i ho fa pagar als meus germans i a la Mercè. M'ha dit en Toni que està intractable, que res no li sembla bé, que fa comentaris feridors...

El que més li dolia és que el seu pare no volgués entendre la situació i es plantejava com seria la seva relació en el futur. Jo també hi pensava; em preguntava si no m'acceptaria a casa seva. Sabia que en Lluís sentia una mena de rancúnia envers el pare i, de retruc, envers mi perquè la M. Àngels era feliç amb nosaltres. Era una d'aquelles coses que no es poden entendre fàcilment, però que passen sovint entre les parelles divorciades. El més fàcil de tot, per a mi, hagués estat prescindir de la seva existència, però, cada vegada més, tot el que afectava la Núria m'afectava també a mi i, al capdavall, no es tractava d'una persona qualsevol sinó que era el seu pare.

No hi havia cap altra ombra fosca en la nostra vida. Els dies eren plens de rialles, de sol, de banys al mar, de converses agradables, d'amics divertits, de nits romàntiques, i el fet que en Lluís estigués disgustat amb ella no impedia que la Núria fos feliç, perquè el nostre amor estava per damunt de tot i arribava a tots els racons del nostre petit univers.

7

Vam passar dues setmanes a Llafranc i després vam tornar a casa. No volíem abusar de la bona disposició de la Montserrat i d'en Ramon i, tot i que van insistir perquè ens quedéssim uns dies més, en David i jo vam estar d'acord amb en Francesc quan ens va dir que ja era hora que tornéssim.

Gairebé no havia tingut temps de parlar amb la Mireia dels canvis que s'havien produït en la meva vida, i la mateixa tarda de la nostra arribada vaig deixar en David plantat per anar a fer el volt amb la meva amiga de sempre.

—Noia, que morena que estàs! —va ser el primer que em va dir, en veure'm.

La Mireia és molt blanca de pell i cada estiu, indefectiblement, s'ha de queixar perquè mai no adquireix ni un deu per cent del color que tan fàcilment agafo jo. Però, tot s'ha de dir, ella és molt més bonica i, sovint, quan érem criatures esbojarrades, li envejava els rínxols daurats i les pigues que li donen un aire de simpatia extraordinari.

—Ja pots començar a fer-me cinc cèntims de la teva vida —em va dir en un to exigent—. No hi ha dret que en David t'absorbeixi fins al punt que les amigues no sapiguem res de tu...

Ho deia de broma, és clar, però vaig pensar que tenia la seva part de raó.

—No t'ho pots imaginar! És magnífic, és meravellós, és genial... és... és...!

—D'acord! No cal que diguis res més —va riure.

—Te'n fots de mi, eh? Doncs ara et quedaràs amb les ganes de saber...

—Digues, digues! No riuré més, t'ho prometo!

Tantes vegades li havia parlat d'en David, tantes vegades m'havia sentit a dir que m'agradava, que ja estava tipa d'esperar que es decidís a fer-me saber que estava enamorat de mi, tantes vegades havia tramat amb ella mil i una maquinacions per deixar-li entreveure els meus sentiments... La Mireia sabia fil per randa com havia evolucionat la nostra història, des dels inicis, quan el vaig conèixer i m'entestava a odiar-lo, fins al dia que vaig decidir que ja n'hi havia prou d'esperar. No en sabia res, però, dels avanços que havíem fet en el terreny de les relacions físiques i vaig encetar el tema per aquest cantó.

—Els primers dies va ser força estrany, tot plegat... Estàvem massa avesats a veure'ns com a amics, com a germans, i... no sé com dir-ho, les besades que ens fèiem em semblaven una mica forçades, poc naturals. Però, ara, després d'aquestes dues setmanes a Llafranc...

Vaig deixar la frase en suspens i la Mireia va somriure picardiosament.

—Ja veig que va millor...

—Va tan bé que... qualsevol dia...

—Vaja, sí que correu, noia!

—Correm? De debò creus que correm? Fa tres anys que ens coneixem, tres anys que estem vivint junts...

—Bé, però abans era diferent, no?

—Era diferent, és clar que sí. Però ja hem fet molt de camí. Això nostre no és una flor d'estiu i les circumstàncies que ens envolten no són, ni de bon tros, les típiques d'una parella que s'acaba de conèixer. I ni ell ni jo no som criatures...

—Tampoc no és que us passi l'edat...

—És que hi ha una edat? Potser hauríem de parlar, més que d'edat, de maduresa, de nivell de relació, de profunditat de sentiments...

La Mireia no entenia massa els meus raonaments però, és clar, ella no es trobava a la meva pell i, a més, la seva experiència amb nois no la feia pas una erudita en la matèria. Havia sortit amb dos xicots, però amb poques setmanes n'havia tingut prou per descobrir que la cosa no aniria per bon camí. Crec que la pèssima relació que hi havia entre els seus pares la feia ser molt exigent i de seguida trobava els aspectes més negatius dels nois amb qui sortia. La Mireia sabia que el seu pare tenia una història amb una altra dona i la seva mare vivia angoixada, deprimida i plorosa perquè no havia tingut la valentia d'acceptar el fet i plantar-li cara d'una manera o d'altra. Em semblava normal que es qüestionés entorn del matrimoni i de les relacions de parella, però jo també havia viscut el fracàs matrimonial dels meus pares i aquest fet no m'havia portat a pensar que les relacions entre persones de diferent sexe estan sempre sentenciades. La mare i en Francesc eren feliços... Considerava absurd, això sí, que la mare de la Mireia acceptés la seva situació sense rebel·lar-se. Potser si s'hagués separat del seu marit, hauria trobat un altre home que fos més considerat amb ella, o, tot i viure sola, almenys viuria tranquil·la.

De tot plegat, ja n'havíem parlat en altres ocasions i no vaig tornar a tocar el tema, aquella tarda. Sabia que la Mireia ho passava malament quan en parlàvem i, per moltes voltes que hi donéssim, no podíem solucionar el problema.

—I les vacances, què? —vaig canviar de conversa—. Ja tens clar què faràs?

—De moment he decidit que dimarts me n'aniré a Salou. La meva cosina diu que em necessita desesperadament perquè, si jo no hi sóc, no la deixen sortir...

—No saben què fan, els seus pares, si es refien de tu...! —vaig fer broma.

—És que la Sandra és tan eixelebrada que qualsevol que es posi al seu costat sembla un angelet. Però em diverteixo amb ella... M'anirà bé fer alguna animalada.

—I potser tornaràs a veure aquell noiet que t'inquietava l'estiu passat... Com es deia?

—Miquel —va posar els ulls somiadors—. Sí que

m'agradaria tornar-lo a veure, però no sé pas si hi serà...

—Val més que no et facis gaires il·lusions, eh?

—No, dona! Només és la raó número u per fer-me decidir a tornar a Salou aquest any!

Vam esclafir en rialles encara que, en el fons, totes dues sabíem que hi havia molt de cert en la seva exclamació.

—Potser ara ja no se'm mirarà com a una nena estúpida —va dir més seriosament—. A més, he après algunes coses sobre l'art de la seducció durant els darrers mesos... Em sento capaç de... de...

—De fer-lo caure als teus peus?

—Només espero que no vingui acompanyat...

Quan vaig tornar a casa i vaig retrobar en David, em va fer la impressió que havia passat molt de temps sense veure'l. Era a dalt, a l'estudi, treballant amb l'ordinador. M'hi vaig acostar de puntetes i li vaig fer una abraçada dolça. Em va somriure per damunt l'espatlla i, abans de fer-me seure als seus genolls, va murmurar:

—T'he enyorat, saps?

* * *

No li havia dit a la Núria que, entre les cartes que vaig trobar a casa, quan vam tornar de Llafranc, n'hi havia una de la universitat. Em recordaven que la beca que m'havien concedit el curs anterior podia ser prorrogada si presentava tota la documentació en el termini de dues setmanes.

Ja sabia que existia aquella possibilitat, però no havia volgut pensar-hi fins que no arribés el moment de prendre una decisió.

No era gens fàcil.

La Núria se n'havia anat a casa la Mireia i vaig passar gran part de la tarda rumiant. L'experiència del curs que havia viscut a Londres havia estat magnífica i, si la continuava, la meva formació seria molt més completa i les oportunitats d'aconseguir un bon lloc de treball, en acabar la carrera d'astrofísica, es multiplicarien... M'adonava que el meu futur professional estava en joc, però em resistia a allunyar-me de la Núria... I, en el cas que decidís d'anar-me'n, com reaccionaria ella? Entendria les meves raons? Valoraria positivament la situació?

La Núria encara no havia acabat de sortir de l'adolescència i, de vegades, adoptava actituds que demostraven que la seva perspectiva era limitada per al futur immediat. No es plantejava, gairebé mai, unes fites a llarg termini... Havia de començar el COU el curs vinent i encara no veia clar que volgués estudiar una carrera universitària, no per manca de capacitat o de voluntat, sinó perquè li semblava que cinc anys eren molts anys, com si tingués pressa per instal·lar-se en la quotidianitat laboral, adulta. Des del seu punt de vista, la meva estada a l'estranger seria, bàsicament, tot el que de negatiu comportava: absència dilatada, distància insalvable, enyorança... un parèntesi inacabable en la nostra vida.

La diferència radicava en el fet que jo hi veia

també els aspectes positius, el contrapès a tots aquells inconvenients, la repercussió que tindria en el meu futur, en el nostre futur.

Era difícil.

Vaig sospesar els pros i els contres llargament, intentant de ser objectiu, i vaig arribar a la conclusió que, per molt que m'estimés la Núria, per molt que desitgés estar al seu costat, era una oportunitat que no podia desestimar.

Quan la Núria va tornar, aquell vespre, vaig tenir la impressió d'haver recuperat quelcom de vital, com si la seva presència al meu costat em fos absolutament necessària. Li vaig dir que l'havia enyorada i se'm va fer un nus a la gola. Si el fet de renunciar a ella durant unes hores em deixava aquella sensació de buit, com podria afrontar els mesos de separació que s'obrien al meu davant?

Havia pensat que parlaria amb ella de seguida, però no vaig poder tornar a veure amb claredat quins eren els arguments que feien el contrapès a la balança. Tota la meva objectivitat s'esmicolava en sentir-la entre els meus braços. De debò havia cregut que podria passar-me sense ella?

8

No hi havia núvols a la vista però, sobtadament, es va desencadenar la tempesta.

Recordo que quan va sonar el telèfon tenia les mans brutes de terra perquè havia estat arrencant herbes del parterre on havien florit les hortènsies. Estava acalorada i em delia per una dutxa.

—Sí?

—Núria? —la veu de la Mariona es va trencar en mil bocins en sentir-me.

—Mariona, ets tu? Què passa?

—Oh, Núria! No sé com... Núria... Has de venir!

El plor de la meva germana era irrefrenable.

—Què us ha passat? On és en Toni?

Les preguntes s'amuntegaven als meus llavis. L'aire estava carregat d'amenaces terribles.

—El pare... —els sanglots la sotragaven—. És mort! El pare...!

Vaig sentir que les cames em tremolaven. Una ona de no-res es va apoderar de mi.

—Núria? Núria... Has de venir!

Les paraules havien desaparegut. Vaig buscar-les frenèticament. L'auricular del telèfon era extraordinàriament pesant a les meves mans.

—Mariona... No ploris, Mariona...

—És horrible... Jo... No puc... no puc parar de plorar.

De mica en mica, en un espai de temps que em va semblar etern, vaig reaccionar mínimament.

—On ets, Mariona? On sou?

—A l'Hospital Clínic, a València. Has de venir!

La Mariona repetia una vegada i una altra aquesta frase, amb una urgència que m'aclaparava.

—Tranquil·litza't, Mariona. És clar que vindré, ara mateix... Però, digues, què ha passat?

—Ha mort a l'acte. Hi havia... hi havia tanta sang!

Era clar que havien tingut un accident. La Mariona estava veritablement impressionada.

—I en Toni? I la Mercè? T'has fet mal, tu?

No podia fer el camí amb tots aquells interrogants.

—No ho sé... És al quiròfan.

—Qui? En Toni?

—Sí. I la Mercè...

—On és la Mercè?

—No ho sé. Se l'han emportada, també.

El plor de la meva germana feia impossible la comunicació. Sentia els seus sanglots desfermats a l'altre costat del fil.

—Ara venim, Mariona. De seguida serem aquí. Sigues valenta, eh? Tranquil·litza't, Mariona. No ploris, no ploris...

En moments com aquell no haurien d'existir les distàncies. La meva germana necessitava desesperadament l'abraçada d'una persona que li permetés de descarregar el seu dolor. Jo necessitava desesperadament saber què havia passat, saber com estava en Toni, oferir a la Mariona el suport que tant li mancava.

Ens separava un abisme de tres-cents cinquanta quilòmetres.

Vaig córrer al jardí. En David continuava regant, tal com l'havia deixat feia només —només!— dos minuts.

—No has dit que ja plegaves? —em va preguntar en veure'm. Però, de seguida, es va adonar que passava alguna cosa greu—. Què...?

—Han tingut un accident! El meu pare...

El meu pare era mort. Quan la Mariona m'ho havia dit, ho havia encaixat, neguitosa com estava per saber més coses. Ara, ara que havia de pronunciar les paraules, podia sentir la dimensió del que la meva germana m'havia comunicat.

En David m'estrenyia una mà, molt fort.

—I en Toni? I la Mariona? Qui ha trucat?

—Són a l'Hospital Clínic de València. Hi haig d'anar de seguida!

—Hem d'avisar la teva mare. Vols que li truqui jo?

—Sí, potser serà millor... La Mariona està bé, i en Toni... sembla que l'estan operant... No cal que li ho diguis, això, a la mare.

—D'acord. Vés a rentar-te una mica... Podem marxar ara mateix.

Tenia al cap, només, una frase que s'anava repetint una vegada i una altra, martellejant-me el cervell amb ressons dolorosos: «El pare és mort.» «El pare és mort.» «El pare és mort.»

D'esma, em vaig rentar les mans i la cara i em vaig canviar de roba. En David va entrar a la meva habitació amb una bossa de viatge i va recollir algunes peces de roba de l'armari i de la calaixera.

—He dit a la M. Àngels que marxem amb el seu cotxe. Ella vindrà amb el pare. Som-hi?

—El pare és mort.

No va dir res. Què podia dir? Em va abraçar estretament i després, agafada de la mà, em va portar al cotxe.

Només vam aturar-nos en una àrea de servei per omplir el dipòsit. Gairebé no vaig parlar en tot el viatge. El cap em volia esclatar de tant de neguit. El pare era mort i jo no podia acceptar-ho. Teníem coses pendents, ell i jo! No se'n podia anar així! No l'havia tornat a veure des del dia que li vaig dir que no aniria de vacances amb ells. I havia estat enfadat amb mi durant les darreres setmanes. No n'havíem parlat més, no m'havia donat cap oportunitat. Ja no podríem fer les paus.

Em vaig començar a fer retrets, talment com si jo fos culpable del que havia passat. Si hagués esperat a plantejar la qüestió a en David... En definitiva, ja havia esperat molt de temps, què importava ajornar-ho més? Si no m'hagués deixat absorbir tant pel seu amor i hagués pensat una mica més en l'amor del pare... Si m'hagués aturat a analitzar els seus sentiments, si hagués reconegut la seva necessitat de tenir-me amb ell uns quants dies...

I encara anava més enllà, arrossegant a la condició

de culpables tots els que m'envoltaven: si en Toni no m'hagués dit que era lògica la meva actitud, si en David no m'hagués fet una dissertació entorn de la independència que hem de tenir els fills, si la mare m'hagués forçat a reconsiderar la meva decisió... Estava convençuda que si jo hagués anat a Andalusia, el pare encara seria viu. Sabia que havia estat malhumorat i nerviós tots aquells dies i no dubtava que l'accident no s'hauria produït si no hagués hagut de conduir amb aquella tensió al damunt. Jo era la culpable de la seva mort. Si no m'hagués negat a passar el mes de juliol amb ell...

I en Toni, i la Mariona i la Mercè... Em corsecava l'angoixa de no saber exactament com els trobaria. Els pensaments més negres em van acompanyar durant les llargues hores de viatge, i la mà d'en David, que tot sovint deixava el volant per prémer la meva, no aconseguia de transmetre'm cap consol. Les seves paraules trencaven sobtadament el silenci amb l'intent inútil de distreure'm, de tranquil·litzar-me. Era una de les persones que més estimava, però aquella tarda el sentia tan distant com si fos un desconegut triat a l'atzar. I, a més, el meu subconscient li retreia, calladament, la part de culpa que pensava que li corresponia.

* * *

Jo havia perdut la meva mare, però, a sis anys, el concepte de mort s'assimila només amb el sentiment d'absència. Un nen no pot comprendre la magnitud de la mort i els adults que l'envolten tenen prou cura de suavitzar les tragèdies per tal d'esmorteir-ne els cops.

La Núria va haver d'encaixar el traspàs d'en Lluís sense pal·liatius, descarnadament, amb tota la cruesa que comporta un accident inesperat, sense disposar de temps per anar-ho paint.

La darrera vegada que la Núria i en Lluís s'havien vist havien tingut una discussió que els havia deixat un regust amarg a la boca i no van tenir l'oportunitat de fer-se una darrera abraçada ni un darrer somriure. Crec que això és el que més li dolia, a la Núria, i jo em sentia absolutament impotent davant de la seva desolació.

Vam fer gairebé tot el viatge, fins a València, en silenci. Hagués donat qualsevol cosa per alleugerir la seva pena, per poder distreure-la del seu capteniment, per donar-li un bri d'esperança. Però no hi havia res que jo pogués dir o que pogués fer per aconseguir de restar, ni que fos una mínima part, de la tristesa que la consumia.

En Lluís era mort i això no ho podíem canviar. Ens pesava, a més, la incertesa pel que feia a l'estat d'en Toni, la Mercè i, fins i tot, de la mateixa Mariona. Les paraules 'accident', 'hospital', 'quiròfan' podien tenir un significat terriblement dramàtic, tan dramàtic com la mateixa mort. Amb la poca informació que ens havia donat la Mariona no hi havia prou per valorar l'abast de la situació.

—El pare estava molt nerviós i malhumorat... Si hagués anat de vacances amb ells...

Les paraules de la Núria amagaven tot un món de culpabilitats.

—Si haguessis anat de vacances amb ells, també estaries hospitalitzada. No estava a les teves mans evitar que això passés, Núria; no pots sentir-te'n responsable.

—De segur que l'accident no s'hauria produït si el pare hagués conduït tranquil —va insistir—. En Toni m'havia dit que...

—Tu no en tens la culpa, Núria. Un accident pot passar en qualsevol circumstància i, en tot cas, el teu pare hauria d'haver entès que no hi volguessis anar.

—Si hagués anat amb ells... Si no li hagués dit que preferia passar l'estiu amb tu...

Continuava amb la seva idea equivocada i, per molts raonaments que li pogués fer, no canviaria d'opinió.

—Si haguessis fet això, si haguessis dit allò, si hi haguessis anat, si no t'hi haguessis enfadat... —vaig pretendre ser concloent—. Tant se val tots els sis... que hi vulguis posar. Mai no podràs saber si una actitud diferent o una paraula pronunciada o deixada de pronunciar hagués canviat res. I no em sembla assenyat que et turmentis i et culpis... Entenc el teu dolor, és clar que sí, però no té cap sentit que et sentis responsable del que ha passat.

Els seus ulls em van fer por. No només vessaven de tristesa sinó que brillaven amb un espurneig que s'aproximava a la còlera continguda.

—Calla! —va cridar—. No cal que diguis res més perquè tu no en saps res!

El to d'aquelles paraules, més que no el seu contingut, em van ferir cruelment. Vaig comprendre, de cop, amb contundència, que la Núria m'implicava en la mort del seu pare.

I era dura, era glacial, era terriblement feridora; tant que vaig pensar que, després d'allò, no podríem recuperar mai el que hi havia hagut de màgic entre nosaltres. Sentia que el món s'ensorrava al meu voltant. Tot l'amor que ens havia amarat durant les darreres setmanes semblava que havia desaparegut d'una plomada. Com em podia estimar si pensava que jo era la causa última que havia provocat la mort del seu pare?

L'autopista es va desdibuixar més enllà de les meves llàgrimes i, molt endins, va esclatar en mil trossos allò que m'era més volgut. Al meu davant, clar, nítid, real, vaig veure un abisme difícilment franquejable.

9

La Mariona se'm va abraçar fortament i el seu plor, sotragat de sanglots dolorosos, em va acabar d'ensorrar. Recordo que em sentia absolutament impacient per saber com estava en Toni, a qui havia vist de cua d'ull en entrar a l'habitació, i no podia esbrinar-ho perquè l'abraçada de la Mariona m'ho impedia. Recordo una olor intensa, penetrant, colpidora. Recordo la fragilitat de la meva germana, arrapada a mi i comunicant-me amb el seu plor desfermat tot el pànic que la corprenia.

Quan la seva abraçada i el seu sangloteig van cedir lleugerament em vaig desfer dels seus braços i vaig mirar el meu germà, immòbil al llit, amb el cap embenat i les cames terriblement voluminoses sota el llençol. Tenia els ulls tancats i al seu rostre no hi havia cap mostra de sofriment. Malgrat que el seu aspecte, amb tots aquells embenatges, no era massa tranquil·litzador, la serenor del son relaxat em va fer sospirar alleugerida. Tantes vegades m'havia dit, durant les eternes hores de viatge, que també ell podia haver mort! Ara, almenys, sabia que la seva vida no corria perill...

—El metge ha dit que té un traumatisme cranial —va informar-nos la Mariona amb veu vacil·lant—. I li han operat les cames perquè tenia fractures importants...

—I la Mercè, on és?

—És a l'habitació del costat. Només li han hagut de fer una petita intervenció... i ja s'ha despertat. Però el pare...

Se li va trencar la veu. En David li va passar un braç per damunt les espatlles.

—Tu no t'has fet mal? —li va preguntar suaument, eludint el tema.

—No, només em sento una mica masegada...

Ho va dir com si li sabés greu haver sortit tan ben parada de l'accident.

—Podem veure la Mercè?

—És clar! Us està esperant... També he avisat els seus pares, però no han arribat encara.

La Mercè feia molt mala cara. A més d'un hematoma horrible a la part esquerra de la cara, se li veien els ulls molt enfonsats, voltats d'ombres fosques. Ens va somriure feblement quan ens va veure, però la seva veu estava amarada de tristesa en dir:

—Ho sento, Núria... No saps com ho sento...

Em va agafar una mà i me la va prémer. Llàgrimes silents van vessar dels seus ulls i durant una llarga estona no vam dir res més. Em vaig adonar que jo també plorava, des de molt endins, sense cap soroll, tota jo, tristesa inesgotable.

Em vaig sentir cansada, molt cansada.

Després del que em va semblar molt de temps, la Mercè va tornar a enraonar:

—Tu ets en David, oi?

M'havia oblidat d'ell, dret al meu darrere, com una peça que no acabava d'encaixar en aquella escena.

—Sí. Em sap greu que ens hàgim de conèixer en aquestes circumstàncies...

La Mercè es va eixugar les llàgrimes amb la mà que no tenia embenada i ens va dir que tornéssim a l'habitació d'en Toni, no fos cas que es despertés i es trobés sol. La Mariona es va quedar amb la Mercè i, quan sortíem, vaig sentir que li deia:

—Aviat arribaran els teus pares... I la mare i en Francesc.

La mare i la Mercè no es coneixien, és clar. Tot i que tenia una mena de boira al cap, vaig pensar que totes dues es trobarien en una situació incòmoda i, segurament, no gens agradable.

L'altre llit que hi havia a l'habitació d'en Toni estava ocupat per un home d'uns cinquanta anys que també havia estat operat aquell mateix dia. La seva dona, una senyora que parlava el valencià de l'Horta, ens va dir que havia caigut d'una bastida. L'home ens va explicar que era pintor i que, en més de trenta anys que es dedicava a pintar façanes, mai no havia tingut cap accident.

En David els va escoltar educadament, com si li interessés de debò la seva història, però jo vaig fer com si no els sentís i em vaig concentrar en el rostre d'en Toni que, de tant en tant, ja mostrava algun senyal de vida.

Quan va arribar la mare, encara no s'havia

despertat, però ho va fer a l'acte, com si el fet de sentir el murmuri de la seva veu l'empenyés a reaccionar.

Sé que em vaig sentir molt alleugerida quan en Francesc i la mare es van fer càrrec de la situació. En Francesc, després de canviar unes paraules amb la Mariona i amb en Toni —amb en Toni poques, perquè no estava en condicions de dir gran cosa—, va marxar a informar-se de qüestions pràctiques, com ara el trasllat del cos del pare, perquè pogués ser enterrat al cementiri del nostre poble, i també de les possibilitats que hi havia de portar en Toni a l'hospital de Granollers.

—Núria, hauries de trucar als teus avis... —em va dir a cau d'orella quan va haver acabat de fer totes les gestions—. Ningú no els ha dit res encara i crec que és millor que siguis tu...

Des que havia arribat a l'hospital, havia centrat pràcticament tota la meva atenció en la Mariona, en Toni i la Mercè. L'evocació del pare, mort, abandonat en algun racó d'aquell hospital, només s'havia manifestat en alguns moments, puntual, breu, fugaç, gairebé rebutjada pel meu subconscient davant la prioritat que havia atorgat als que havien sobreviscut a l'accident. Les paraules d'en Francesc em van colpir terriblement perquè em van fer adonar de l'absència amarga que m'hauria de corsecar i em van obligar a afrontar la realitat cruel de la seva mort. Haver-ho de notificar als avis em semblava la tasca més difícil que mai hagués hagut d'assumir. Vaig pensar en l'àvia Rosa escoltant a l'altra banda del fil telefònic, i la vaig imaginar tremolant de cames per l'impacte de la notícia, el cor trencat en mil bocins, la veu ofegada, les paraules congelades. Pobra àvia, pobre avi! La seva vellesa serena, trasbalsada irreparablement per la mort prematura, inexplicable, injustificada, del seu fill petit. Quin sentit tenia que, a la seva edat, haguessin de sofrir un dolor d'aquella magnitud?

No tenia altra opció, però, i vaig haver de fer la trucada. Vaig haver de pronunciar les paraules sense trobar la manera d'endolcir mínimament el meu negre missatge. Vaig haver de sentir el llarg silenci de l'àvia quan intentava d'assimilar, incrèdula, allò que li deia.

La mort del meu pare se'm va fer omnipresent i en Francesc, que m'havia acompanyat fins al telèfon públic, va deixar-me plorar entre els seus braços que, malgrat la seva bona voluntat, ni em protegien ni em donaven coratge.

* * *

L'accident havia canviat radicalment el petit món on la Núria i jo ens movíem. Només unes hores abans estàvem tan tranquils, a casa, dedicant una estona a la jardineria... I de cop, la notícia que ho capgira tot, el dolor, la incertesa, el neguit.

I, el que més em preocupava, la fredor glacial de la Núria.

Quan vam arribar a l'hospital, va semblar que oblidava la meva presència. M'ignorava completament, no es recolzava en mi, no m'adreçava la paraula, no em mirava.

És ben cert que jo no hagués pogut fer res per alleugerir el dolor que sentia, que les meves paraules no li haguessin servit de gran cosa. Però, si més no, s'hagués pogut acostar a mi per constatar que no tot s'havia ensorrat al seu voltant, que, malgrat la tragèdia, encara quedaven coses intactes. Coses que, per a ella, haurien d'haver estat, també, importants.

No sé si en va ser conscient o no se n'adonava, però el cas és que pretenia, en certa manera, castigar-me per la part de responsabilitat que m'atribuïa en la mort del seu pare. Estava convençuda que si no haguessin existit els sentiments que ens unien, mai no s'hagués produït aquell accident.

Jo sabia que quan s'entossudia en una actitud d'aïllament no era fàcil raonar amb ella. Prou ho havia viscut quan ens vam conèixer... Però aleshores era un capteniment infantil, com una rebequeria de criatura. I no m'esperava que res de semblant pogués tornar a passar. On havien anat a parar les nostres paraules d'amor, les nostres besades, la nostra il·lusió per un futur compartit? Semblava que ho hagués esborrat tot, com si el fet de renunciar-hi la pogués redimir d'aquelles culpes que s'autoimposava.

Quan en Toni va despertar, després de l'operació a què havia estat sotmès, ens vam poder tranquil·litzar una mica: tot i que estava atordit a causa de l'anestèsia, les seves frases eren coherents i es recordava del viatge i de l'accident. Les paraules 'traumatisme cranial' van perdre part de la seva contundència en sentir-lo enraonar. Més tard, el metge ens va informar que el preocupaven més les fractures de les cames que no pas la fissura del cap. En Toni hauria de passar la resta de l'estiu amb les cames enguixades i després hauria de seguir un procés de recuperació que, segurament, seria lent. Malgrat tot, vaig pensar que se n'havia sortit força bé, considerant que l'accident havia estat prou greu com per causar la mort d'en Lluís.

La Mariona, per la seva part, estava molt impressionada i descarregava la seva tensió amb llàgrimes silencioses. Ella sí que se'm va acostar per buscar en mi una mica de consol, de serenor o, senzillament, per repetir-me una vegada i una altra que el seu pare era mort i no s'ho podia acabar de creure.

—Com pot ser, David? Com pot ser? —em preguntava reiteradament.

I jo li passava el braç per damunt les espatlles i intentava de reprimir el plor, no per en Lluís, a qui no havia conegut, sinó pel dolor que em causava el seu desconsol, la seva incredulitat... I per la distància abismal que em separava de la Núria.

Quan va tornar de trucar als seus avis, que encara no estaven assabentats del que havia passat, vaig veure que tenia els ulls envermellits. No em va ser gens difícil endevinar que havia estat terriblement dur per a ella haver-los de notificar la mort d'en Lluís i, tot i que pressentia que em rebutjaria, vaig fer l'intent d'apropar-me a ella.

—Núria... —el seu nom em va sortir dolç, suau, conciliador, implorant—. Núria, voldria poder ajudar-te —vaig murmurar malgrat que la seva mirada m'hauria d'haver hagut de fer desistir.

—Doncs no pots —va dir secament, entre dents. I va afegir:— Deixa'm.

Va girar-se'm d'esquena per acabar d'arrodonir les seves paraules i, amb pas ferm, va adreçar-se a l'habitació de la Mercè.

Vaig pensar que ho havia perdut tot.

10

Aquells dies els tinc a la memòria com un parèntesi de boira espessa i grisa. En guardo alguns records nítids, puntuals, inalterables, però la majoria de vivències de les setmanes que van seguir l'accident m'ha quedat com un plec d'imatges esfilagarsades on el temps es confon i les cares i les paraules fan un aiguabarreig indestriable.

Una de les escenes que vaig poder arxivar sense que el pas del temps l'hagi desdibuixada és la de la mare i la Mercè, a l'hospital. No es coneixien, elles dues, i, tot i que mai no havia sentit a la mare cap comentari negatiu de la Mercè, ni a la inversa tampoc, era de lògica pensar que no s'havien de tenir massa simpatia.

Si hagués volgut, la mare s'hauria pogut estalviar de conèixer la Mercè. Cap de nosaltres no li va demanar que entrés en la seva habitació ni que tingués paraules de consol per a ella. Però, després d'estar una llarga estona amb en Toni i la Mariona, va acostar-se'm i em va demanar fluixet:

—I la Mercè, com està? La puc veure?

La Mercè havia estat el detonant que va provocar la separació matrimonial dels meus pares, però el to de veu que va fer servir la mare en preguntar-me per ella no mostrava cap senyal de rancúnia.

—És a l'habitació del costat... No s'ha fet gaire mal, però està molt desanimada...

—Heu avisat la seva família, oi?

—Sí, la Mariona ha trucat als seus pares, però encara no han arribat.

—M'acompanyes a veure-la?

La Mercè tenia els ulls tancats però no dormia. El cansament i el dolor eren evidents al seu rostre i semblava que havia envellit un grapat d'anys.

—Mercè? —vaig pronunciar el seu nom en veu baixa perquè em vaig pensar que s'havia adormit. Va obrir els ulls, enfonsats, tristos, mancats de la vivacitat habitual—. La meva mare t'ha volgut venir a veure...

Va somriure molt lleugerament. La mare es va acostar més al seu llit.

—Sé que tot això és molt dur per a tu, Mercè... Si et puc ajudar en alguna cosa... Els teus pares deuen estar a punt d'arribar, però si mentrestant necessites res...

—Gràcies, M. Àngels. Em sento tan sola!

Altra vegada va començar a plorar i la mare li va prémer suaument la mà que no tenia embenada. L'escena era realment de pel·lícula però, en aquells moments, jo no estava per a sorprendre'm.

—Com està en Toni? El metge ha dit que es recuperarà bé, però... I la Mariona? L'has poguda tranquil·litzar una mica? Estava tan impressionada, pobra!

—No t'amoïnis per ells... És una bona sotragada, però se'n sortiran.

—És que la Mariona és tan jove, encara! No sé si se li esborrarà mai la imatge d'en Lluís... Ha estat tan... tan...

Li costava trobar les paraules. La mare la va fer desistir d'aprofundir el tema.

—T'han hagut d'operar, a tu també, oi?

—Sí, m'han dit que tenia la mà feta a miques...

Si m'haguessin assegurat que la mare i la Mercè es coneixien de tota la vida m'ho hagués cregut. Més endavant, quan vaig poder reflexionar sobre aquella situació, vaig admirar la meva mare, la seva serenitat i enteresa, la seva actitud humanitària, les paraules amables que va tenir per a la dona que hagués pogut odiar.

Un altre dels records clars que guardo d'aquells dies és la desaparició de la caixa negra amb les restes mortals del meu pare dins del nínxol estret, la petita làpida amb el seu nom gravat en lletres daurades, la imatge de la Mercè amb una tristesa fondíssima als ulls i la sensació estranya que, ara que el pare era mort, la perdria per sempre.

I un nus a l'estómac que m'impedia de menjar res sòlid. Això també ho recordo perquè em va durar una colla de dies, tants que la mare es va arribar a preocupar de debò per la meva salut.

No era només el dolor d'haver perdut el meu pare. Era la certesa d'haver-ho pogut evitar, el sentiment de culpa que m'aclaparava cada hora del dia i de la nit.

Vaig voler oblidar l'amor que havia sentit per en David. Ignorava deliberadament la seva presència, no escoltava els seus arguments, no li permetia parlar-me. Li vaig dir que em deixés tranquil·la, que no el necessitava per a res.

I no em preocupava gens ni mica per les ferides que li poguessin causar les meves paraules eixutes, el meu evident rebuig: creia que ell també havia de sofrir per tal de purgar la seva part de culpa.

* * *

Van ser dies foscos, de tensions espesses, de retrets injustificats, de llàgrimes amargues.

La Núria em va fer plorar d'impotència, de desesperació, d'amor. Mai no havia tingut una sensació de pèrdua tan gran. Cada dia que passava sumava punts negatius en la nostra relació. Ella s'entossudia a frenar tots els meus intents de reconciliació i els camins que podien apropar-me a ella s'anaven limitant perillosament, tant que va arribar el punt on ja no veia sortida possible. Havia provat de parlar amb ella en tots els tons, des del més dolç fins al més crispat. La seva actitud era d'atrinxerament inamovible i incommovible. Havia decidit aixecar un mur massís entre nosaltres i s'havia posat una cuirassa que no li permetia escoltar els meus raonaments.

Em semblava que el nostre amor havia estat un somni i tenia la sensació que mai no podríem recuperar allò que havíem perdut.

Ho hauria pogut acceptar si hi hagués hagut una causa que justifiqués mínimament la seva actitud, si s'hagués enfadat amb mi per alguna raó justa. Però era tan evident que partia d'un plantejament totalment erroni! La seva postura era del tot irreflexiva, nascuda d'un cúmul de suposicions sense fonament.

L'endemà del dia que vam enterrar en Lluís vaig intentar, a la desesperada, de fer-li veure que m'estava destrossant i que no em mereixia aquell tracte despietat. Havíem acabat un sopar silenciós, trist, de moviments mecànics, de monosíl·labs punxants. La Núria no havia esperat que els altres féssim les postres per aixecar-se de taula. Havia sortit al jardí i vaig anar a trobar-la uns minuts després. Sabia que hauria buscat el redós de la petita glorieta que tant li agradava i vaig adreçar-me de dret cap allà. Estava asseguda al banc de fusta, amb el cap tirat enrere i els ulls tancats. Els va obrir en sentir-me arribar.

—Hem de parlar, Núria —li vaig dir mentre m'asseia al seu costat, intentant de no fer gaire cas del gest de disgust que li havia creuat la cara en saber-me allí—. No acabo d'entendre tot el que està passant, la manera que tens d'encaixar-ho...

No m'hauria estranyat gens que s'hagués aixecat i hagués marxat sense tornar-me resposta. M'havia rebutjat més d'una vegada durant els darrers dies... Però no es va moure. Tampoc no va parlar i el silenci entre nosaltres va créixer fins a fer-se pesant. Em va costar de trencar-lo.

—No ho entenc, de debò. No entenc res. D'acord

que és dur, has perdut el teu pare sobtadament i ja ho sé, que això és molt fort. Però... Em pots explicar quina relació té amb mi? Per què fas veure que no existeixo, que no hi ha res entre tu i jo? Perquè, hi ha alguna cosa, oi? O és que tot s'ha fos, sense més ni més?

Havia estat ben directe, li havia plantejat sense embuts tots els interrogants que m'angoixaven.

—Deixa'm tranquil·la, David —va dir en un murmuri sense cap mena d'entonació—. Deixa'm sola.

Vaig témer que si insistia podia ser pitjor. Els peus em pesaven quan vaig deixar enrere la glorieta i, una vegada més, vaig sentir el buit que em causava la manca de comunicació amb ella.

Aquella nit vaig plorar perquè no veia una sortida davant nostre. La Núria s'havia allunyat de mi i no sabia què fer per recuperar-la.

Per què, entre totes les noies que hi havia al món, m'havia anat a enamorar de l'única que em podia ferir tan fondament? La Núria no volia saber res de mi, aixecava murs invisibles entre nosaltres per mantenirme a una distància que em semblava insalvable, els silencis eren tan colpidors com les paraules i el posat absent del seu rostre em feia desistir de qualsevol intent d'apropament.

La situació s'assemblava força a la dels primers mesos de conèixer-nos. Però aleshores encara no me l'estimava i les seves actituds punyents no m'arribaven tan endins. Després de tres anys d'anar fent créixer els sentiments que un bon dia vaig descobrir en mi, després de les meravelloses setmanes que vam viure a Llafranc, no podia encaixar, de cap manera, que havia de renunciar a ella.

Quan vaig omplir els formularis que em permetrien tornar a Londres per continuar els meus estudis, sentia el cor encongit i cap il·lusió no bategava dins meu. Sabia, només, que preferia estar lluny d'ella abans que viure al seu costat com una ombra que no es dignés a mirar. Ni tan sols li vaig demanar el seu parer ni li vaig dir que havia tramitat la sol·licitud. En aquelles circumstàncies quedava absolutament fora de lloc consultar-li res.

11

Haig de reconèixer que sóc terriblement obstinada. Quan veig les coses clares sóc incapaç d'escoltar ningú que em vulgui fer empassar una versió diferent d'aquella que jo m'he cregut.

Aquesta tossuderia no seria negativa si sempre posseís la veritat més pura, si les meves deduccions fossin infal·libles, si jo fos la perfecció en persona. Però, a més d'obstinada, sóc estúpida perquè m'entesto a defensar postures errades i no vull acceptar els raonaments que em fan els que m'envolten per aconseguir que canviï d'opinió o d'actitud.

Sé que vaig estar a punt de perdre en David i mai no em podré perdonar per les setmanes de patiment que li vaig causar. Només em puc justificar dient que estava tan tancada en les meves idees —molt equivocades, com sempre— que no era conscient del mal que li feia. El cas és que, davant la magnitud dels meus sentiments de culpa i del dolor per la mort del pare, res més no tenia importància per a mi, com si totes les altres coses s'haguessin fet fonedisses fins a perdre tot el valor que un dia havien tingut.

La meva família estava estranyadíssima de constatar el canvi que s'havia produït en la meva relació amb en David. Crec que tots, fins en Toni, que era a l'hospital de Granollers, em van fer alguna pregunta o algun comentari per aclarir el motiu de la nostra ruptura. La meva resposta era gairebé sempre la mateixa: «deixa'm», «deixa'm tranquil·la», «deixa'm estar».

Dia rere dia m'anava enfonsant en un pou negre sense permetre que ningú no em donés la mà per sortir-ne. És que no volia sortir-ne. Només vivia per alimentar i fer créixer el meu dolor desmesurat.

Una tarda, defugint, per variar, la companyia de la resta de la família, em vaig tancar a la meva habitació a rumiar les meves tristeses negres. Se'm va acudir de mirar els àlbums de fotos per retrobar-hi la imatge del pare que, a vegades, se'm feia esborradissa i vaig submergir-me en records antics. Tenia fotos de feia molts anys, de quan els pares encara vivien junts, i el vaig poder recordar amb molt de detall i en situacions ben diverses. Tan aviat apareixia vestit d'esport, jugant a tennis amb en Toni, com ben encorbatat el dia del casament de la meva cosina Irene. N'hi havia una que m'agradava especialment perquè jo mateixa havia premut el disparador de la càmera. Era un primer pla i se'l veia somrient, feliç, amb uns ulls que manifestaven l'adoració que havia sentit per mi en aquella època. Moltes vegades havia copsat aquella mirada embadalida, com si no s'acabés de creure que la seva filla s'estigués convertint en una noieta atractiva, en una personeta convençuda de la seva capacitat de menjar-se el món.

«Vinga, princesa! No rumiïs tant!» —m'havia dit rient, fent veure que n'estava tip, de sentir-se enfocat per l'objectiu.

El ressò de la seva veu se'm va fer material, tan viu que em va semblar que era allà, amb mi. «Vinga, princesa». «Com ha anat el dia, princesa?» «Au, va, princesa, no t'enfadis...»

Durant un parell d'anys em va ben canviar el nom. Sempre em deia 'princesa'... Després, quan les tensions entre ell i la mare es van aguditzar, em va tornar a dir Núria i el 'princesa' va quedar definitivament oblidat.

No sé quanta estona vaig passar abstreta mirant aquella fotografia i recordant el seu to de veu. La Mariona em va venir a interrompre.

—Véns a veure en Toni? En Francesc ens deixarà a l'hospital abans d'anar al despatx...

—Què?

La meva germana es va adonar que estava fora d'òrbita. Va veure l'àlbum de fotos que tenia obert damunt de l'escriptori.

—Estàs mirant fotos del pare? Jo tampoc no em puc resignar a oblidar les seves expressions... De vegades se m'esborra del tot i m'agafa una mena de pànic perquè penso que ja no podré recuperar la seva imatge; però, quan menys m'ho espero, em torna i el veig com si encara fos viu.

Vaig sintonitzar amb la Mariona perquè estava expressant amb paraules allò que també em passava a mi, exactament el mateix que jo sentia.

—Em sembla que mai no podré acceptar que és mort, que mai més no el tornaré a veure...

—A mi m'obsedeix el record de l'accident. És com una pel·lícula que em passa per dins del cap una vegada i una altra, sempre amb tots els detalls... Vaig ser la primera a sortir del cotxe, saps? No sabia què havia passat i des del seient del darrere no podia veure res... Vaig obrir la portella perquè la Mercè pogués sortir; ella estava tirada endavant, damunt del volant... I el pare, al seu costat, tenia un parar estrany, atrapat per tota aquella ferralla... I hi havia tanta sang!

Vaig intentar d'imaginar-m'ho, però alguna cosa no em quadrava. Si la Mercè estava caiguda cap endavant, sobre el volant, és que era ella qui conduïa i no el pare, com sempre havia donat per fet.

—No era el pare qui conduïa quan es va produir l'accident?

—Si hagués conduït ell, la que hauria mort hauria estat la Mercè. El cotxe que ens va envestir va sortir d'un trencant de la dreta. No es va aturar per a cedirnos el pas...

De cop em vaig sentir com si m'haguessin tret un pes del damunt. Estava tan convençuda que la tragèdia havia estat fruit del nerviosisme del pare! Havia cregut tan fermament que ell estava alterat per la meva negativa a acompanyar-los!

I ara, les paraules de la Mariona m'alliberaven d'aquella sensació tan opressiva que havia anat creixent en mi durant tots aquells dies...

—Em pensava que havia estat una errada del

pare... Sempre em déieu que estava molt nerviós i de mal humor... —vaig insistir sobre el tema per deixar-lo ben aclarit, per acabar de creure'm que jo no tenia absolutament res a veure amb el que havia passat.

—Què dius ara? Si justament havíem aconseguit que deposés aquella actitud estúpida de negar-se a acceptar que en David i tu...

—Ho dius de debò? Havia canviat de parer?

—En Toni li havia fet veure que tot seria més fàcil si s'ho mirava en positiu. Va ser força contundent: li va dir que en David era un xicot amb moltes qualitats i que tu eres ben afortunada per haver connectat amb ell. Li va retreure el fet que no sabés valorar on es trobava la felicitat dels seus fills i que fes una muntanya d'un gra de sorra... Per dir-ho d'alguna manera, va desdramatitzar la situació...

—I, en definitiva...?

—En definitiva: venia disposat a conèixer en David i a jutjar per ell mateix...

Ens vam quedar en silenci totes dues, perdudes en les pròpies cavil·lacions. De cop, la Mariona va llençar-me unes paraules que em van tornar a la realitat:

—Si hauries previst que això vostre havia de durar tan poc, li hauries pogut estalviar el disgust...

Em sentia atordida pel gir inesperat que havien pres les coses i em va colpir que la meva germana donés per acabat tot allò que hi havia entre en David i jo. De fet, ni jo mateixa no sabia què hi havia ni em plantejava cap futur amb ell. Havia tancat la porta a tot el que no fos el meu dolor i l'havia exclòs absolutament de la meva vida perquè el fet d'allunyar-lo de mi era, en certa manera, una forma de pal·liar els meus terribles sentiments de culpa.

—L'has deixat fet pols, en David... —va continuar la meva germana—. No entenc què us ha passat, i, la veritat, no crec que es mereixi...

La meva obcecació m'havia impedit de veure tot el que passava al meu voltant. Els sentiments dels altres s'havien fet tan petits davant dels meus, tan omnipresents, tan desmesurats!

—En David, és clar... En David... Està fet pols?

Em semblava que acabava de baixar dels núvols després d'una llarguíssima estada en un altre món. La Mariona se'n va adonar.

—Núria, no em vols explicar què et passa? Tots estem preocupats per tu... Crec que ja és hora que et sobreposis. També per a mi ha estat un cop fort... Hauries d'intentar, com jo, de superar-ho...

Em vaig aixecar sobtadament. Era tan urgent que parlés amb en David!

* * *

Passar de l'eufòria i de la plenitud més completes al desencís i al buit més absoluts m'havia costat moltes llàgrimes. Per damunt de tot em sentia impotent perquè no podia lluitar contra allò que desconeixia, i la Núria no estava gens disposada a explicar-me les raons del seu canvi radical d'actitud. Jo havia endevinat que es culpabilitzava i que em culpabilitzava també a mi de l'accident, però quan vaig intuir aquella seva perspectiva no em pensava que les coses arribessin a l'extrem on van arribar. Tot i que havia tingut, ben clara, la sensació de pèrdua, no havia cregut de debò que res no es podia recuperar, amb temps i paciència. Però, tal com s'anaven succeint els dies, cada vegada perdia més les esperances de tornar a compartir sentiments amb ella. El temps, que en un principi creia que corria al meu favor, s'havia dilatat massa com per a permetre'm cap mena d'optimisme.

No em venia gens de gust de sortir amb els amics ni de dedicar-me a cap tasca que em distregués de les meves cabòries. L'únic que feia amb una mica de sentit era acompanyar en Toni en les llargues hores d'estada a l'hospital. Passava amb ell gairebé tots els matins i deixava les tardes per a les visites constants de la Mariona i de les esporàdiques i imprevisibles de la Núria. Quan em quedava sol a casa, em deixava amarar per la solitud que es respirava a la torre modernista i sovint plorava llàgrimes d'impotència, de tristesa i, fins i tot, de ràbia. Era tan injust el que m'estava passant!

Aquella tarda havia pujat a la terrassa amb la intenció de llegir una mica. Abans de seure en una de les còmodes cadires encoixinades, vaig voler fer una ullada al jardí que, des d'allí dalt, es veia preciós. Les buguenvíl·lees que cobrien una part de la façana eren un esclat de color. Aquelles flors em feien pensar en la meva remota infantesa; eren la càlida mà de la mare en uns jardins públics on em duia a jugar quan era un marrec; eren les paraules dolces i els riures alegres, el vaivé d'un gronxador i el gust d'un gelat assaborit amb delectança. M'agradaven també els poms d'hortènsies i els rosers que florien tot l'estiu, però cap d'aquelles flors no es podia comparar en el color i en textura, com de paper de seda, de les buguenvíl·lees. M'encantaven.

—David...

No l'havia sentida arribar. D'altra banda, la seva absoluta indiferència dels darrers dies no em podia fer esperar que desitgés parlar amb mi. El cor, doncs, em va fer un salt de la sorpresa. Va recolzar-se a la barana, al meu costat, i ens vam mirar directament als ulls. Quant de temps feia que no em mirava així! En un instant vaig ser conscient que allò que semblava perdut per sempre era allí, en aquella mirada que feia caure el mur que s'havia aixecat entre nosaltres. Vaig saber-ho abans que ella m'expliqués res, només amb el seu to de veu en pronunciar el meu nom i amb aquella mirada neta, transparent, poderosa.

—David, podràs perdonar-me?

Vaig besar-li els llavis amb la certesa que no em rebutjaria. Li vaig acariciar els cabells. Ens vam abraçar.

—Núria...

—T'he fet mal, David... Sé que t'he fet patir... Vols perdonar-me? Jo... No puc justificar... Intentaré explicar-te...

No calien les paraules. Aquell canvi radical en la

seva actitud era una autèntica sorpresa, quelcom d'inesperat. Però no m'havia de convèncer perquè l'estimés. M'havia dolgut tant la seva absència que hagués acceptat el seu retorn sense esperar cap explicació. L'estimava amb majúscules, sense exigències. L'estimava i no necessitava res més que aquell espurneig dels seus ulls verds ancorats en les profunditats dels meus ulls.

Si hagués pogut, hauria eternitzat aquell moment.

12

—M'ho havies d'haver dit abans! Com pots ferme això?

La veu de la Núria sona alterada per l'imprevist de la notícia. En David, en canvi, està tranquil i la seva resposta és serena.

—No podia fer altrament, Núria. Quan vaig omplir la sol·licitud només desitjava marxar, qualsevol cosa era millor que conviure amb tu sense que t'adonessis de la meva presència.

—Haguessis pogut renunciar. Encara ho deus poder fer, oi? No tens cap obligació d'anar-hi...

Hi ha rumiat llargament, en David, i la seva decisió és ferma.

—No vull renunciar. Serà bo per al nostre futur, que no ho veus?

—Pots acabar la carrera aquí, com tothom. Haver estudiat un any a Londres ja és un punt al teu favor. Per què vols més? Tu saps com n'és, de llarg, un any?

Sí que ho sap, però ell té una perspectiva del temps que la Núria no pot comprendre, encara. Un curs passarà volant i afectarà tota la seva vida professional, llarguíssima, la vida adulta que compartirà amb la Núria. Vol oferir-li el millor.

—Vindré per Nadal. I tu pots venir per Setmana Santa... T'agradarà Londres, n'estic segur.

—El que sí que és segur és que a tu t'agrada! I el que em fa més por és que, de mica en mica, et vagis fent un foradet allà i t'hi vulguis quedar. Jo no penso anar a viure a l'estranger, ho sents?

En David somriu. És aquesta la noia que li agrada, amb caràcter, de paraules clares, sense replecs que desdibuixin la seva voluntat. L'atreu cap a ell i li besa els cabells, just al costat de l'orella.

—No pretenguis despistar! Penses que em convenceràs amb quatre petonets?

—És clar que no! No t'haig de convèncer de res: ja està fet i jo crec que, malgrat tots els inconvenients, serà positiu —ha parlat amb fermesa, segur de si mateix, però la seva veu perd contundència en murmurar:— Ja ho sé, que t'enyoraré, que els dies se'm faran llargs i les nits eternes... Però t'escriuré; t'escriuré molt, moltíssim. Oi que t'agradaven les meves cartes, l'any passat?

La Núria sospira entendrida.

—Cada vegada que en rebia una esperava trobar-hi una declaració d'amor. Moltes vegades, en les meves cartes, volia deixar-te entreveure que t'estimava i sempre creia que tu entendries les meves indirectes i et decidiries a parlar-me dels teus sentiments...

Callen tots dos, evocant els records d'aquells mesos no tan llunyans.

Són en una caleta de la Costa Brava. La nit desgrana silencis acotxats per la remor de les ones que van i vénen, incansables, constants. Les llums dels pobles costaners que poden abastar els seus ulls no enterboleixen un cel atapeït d'estrelles.

—Saps, Núria? Després de tot el que hem passat, crec que ens mereixem un regal, alguna cosa d'especial, ben nostra, que ens recordi que, més enllà dels mals moments, dels forats sense sortida aparent, sempre ha d'haver un camí per a nosaltres...

La noia se'l mira estranyada. Reconeix que la seva relació ha tingut esculls difícils de superar i accepta les seves equivocacions. No sap, però, on vol arribar en David.

—Què vols dir? En què estàs pensant?

—Has sentit a parlar mai d'Aldebaran?

—Sí, em sona aquest nom... Però no sabria dir-te...

—Aldebaran és una estrella de la constel·lació de Taure. La seva llum és intensa i, de vegades, només de vegades, llença un espurneig blau, com un crit d'alerta, una advertència. Sé que Aldebaran és la nostra estrella, un regal per a nosaltres.

Tots dos alhora fixen els ulls en la immensitat impenetrable. En David se situa, busca la constel·lació, n'identifica l'estrella. Després ajuda la Núria a recórrer els camins del cel i, pas a pas, estrella a estrella, arriben fins a Aldebaran.

—T'has de fixar punts de referència, les estrelles que brillen més, algunes que formen un dibuix suggeridor... L'has de saber trobar tu sola perquè, quan estiguem lluny l'un de l'altre, la nostra estrella serà el millor punt de trobada. Moltes vegades hi hem de coincidir... Què et sembla?

La Núria pren la mà d'en David, hi enllaça els dits, primer suaument, després amb força.

—Hi seré sempre que m'hi busquis, t'ho prometo. Res més, ni quilòmetres i quilòmetres de distància, no m'allunyarà de tu. Res més. Mai més.

I el mar, atent, repeteix reiteradament les seves paraules amb una cadència dolça: «res més, mai més, res més...»

ÍNDEX